为什么不去跳舞

王祥夫　著

山西出版传媒集团　北岳文艺出版社
BEIYUE LITERATURE & ART PUBLISHING HOUSE

·太原·

图书在版编目（ＣＩＰ）数据

为什么不去跳舞 / 王祥夫著. — 太原：北岳文艺出版社,2018.7
ISBN 978-7-5378-5624-9

Ⅰ.①为… Ⅱ.①王… Ⅲ.①短篇小说—小说集—中国—当代 Ⅳ.①I247.7

中国版本图书馆CIP数据核字（2018）第126022号

书　　名　为什么不去跳舞
著　　者　王祥夫
责任编辑　马　峻
书籍设计　张永文
出版发行　山西出版传媒集团·北岳文艺出版社
地　　址　山西省太原市并州南路57号
邮　　编　030012
电　　话　0351-5628696（发行部）
　　　　　0351-5628688（总编室）
传　　真　0351-5628680
网　　址　http://www.bywy.com
E－mail　bywycbs@163.com
经 销 商　新华书店
印刷装订　山西人民印刷有限责任公司

开　　本　787mm×1092mm　1/32
字　　数　138千字
印　　张　9.75
版　　次　2018年7月第1版
印　　次　2018年7月山西第1次印刷
书　　号　ISBN 978-7-5378-5624-9
定　　价　49.00元

短篇小说的魅力在于由容积带来的种种限制。如果说长篇和中篇是让人们来看，而短篇却是让人们来想。你面对一个短篇，一是不要希望它给你更稠密的故事；二是短篇太像是一颗手榴弹，看上去是小小的一颗，炸开来却是一大片，烟雾腾腾鬼哭狼嚎的。但一般读者更希望看到一个弹药库在那里，有琳琅满目的内容，这一点，短篇小说永远也办不到。短篇小说恐怕难以以宽广取胜，但可以深，是一眼细细的深井，让人一下子看不出它有多深。

序

如云自卷舒

厚 圃

　　王祥夫老师的文名早已世人皆知，他还是位工写兼佳善的画家，并且喜欢酒，喜欢古董，喜欢花花草草，诗酒豪情的生活极切合他的气度。他挟其天才学力，加之良师指引，融会前贤精微又不为之所拘，故随心应手无往而不妙。或许是文学比画画能更直接深入地介入生活与社会，王老师通常将更多的心力放在小说的创作上，他说只有写短篇小说时才觉得自己是个艺术家。

　　王老师喜欢戴一副老式圆片儿墨镜，一对眼睛躲在镜片后面闪烁，随时像海绵那样把别人的秘密吸收进来。在寻常的日子里，他总是不动声色地像巫师一样收集着每个人的灵魂并探索灵魂内在的声音。

　　王老师表面是快乐的，我却知道他有时很忧伤，那是灵魂里固有的忧伤。他常对时世中的那些不平怀着苦闷，文化的高

1

明和眼见的恶浊所产生的巨大差异正将情感与道德撕裂，所以王老师的小说便成为他将正义感、同情心和斗争性深度交融的所在。当面对那些见惯了的麻木、冷漠、圆滑、胆怯、敷衍、虚假时，这种忧伤乃至愤怒的精神便显得既是必须的也是可敬的。每个人物在他的笔下都几乎是四顾茫然而不知所终，王老师在自己的小说里常常穿梭往来却毫不掩饰，赤裸裸地呈现其真性真情。

王氏小说经营布局计白以当黑，运奇布巧而不让人觉得奇巧，文字简朴到了极致，就像要用它来消解人们固有的审美，而后又重构出他真正想要的东西。他不被语言所操控从而让文字更加自由和灵动。他不太在乎情节，他只是想把他因其所见而产生的情绪和感受带给读者。

王老师的小说格调介于雅俗之间。它既能让文人不觉其俚俗而拍案叫绝，又能激发草根百姓共同的情感而不生隔阂。

我认识王老师正是从读他的小说开始的，至今已近十年。王老师每次来深，先要在电话里一再申明：酒就不能喝了。我说：好！话虽这么说，相遇时必得小饮，只是每次小饮又因朋友不断拎酒助兴而演变成牛饮。王老师朋友多又爱热闹，走到哪儿都能欣然融入，而且很快便搅起旋涡成为欢乐的中心。一大帮朋友听他打诨嘲戏高谈不倦，不断腾起粗的尖的一片声浪。

王老师酒量大，但从不以挑战的姿态猛喝，而是主动去敬在座的每一个人，极其宽厚通达地让别人随意，自己则头一仰干了。王老师讲艺坛掌故、民间小段，信手拈来，上下古今，让人不觉为之倾靡。他的唱曲则往往将聚会推向高潮。他站起来将肚子一收再将手一指，脸红彤彤的，全场便静得针儿落地都听得见了，他一张嘴便是"将身儿来至在大街口，尊一声过往宾朋听从头"，再一张嘴又是"叫张生隐藏在棋盘之下，我步步行来你步步爬……"

每回王老师一走，我的酒量不仅见长，脑子也似乎灵光了许多，手里的笔玩起来特别顺溜。

王老师的大雅大俗表现在他的小说里，其关注现实之心也都在他的这些小说里，读他的小说须把速度放慢，一如饭后散步，周边所见的风光景色会让你感受到一个时代的阴晴和冷暖。时至今日，我对他的了解依然是片面而浅薄的，因为王祥夫其实不是一个人，而是一个博大瑰丽的世界。

是以为序。

目录
—

房　客

"我的天啊，他醉了。"汤立对妻子李菁说。

"我去看了一下，他一躺下来就睡了。"李菁说。

"那间屋太冷。"汤立说。

汤立和李菁说话的时候夜已经很深了，孩子们都上楼去睡了，他们还想再看一会电视。汤立说："我让这老家伙搞得没喝好，我还要再来点。"

"那你就顺便也给我倒一杯。"李菁说她想要葡萄酒。

汤立就"啪哒啪哒"去了厨房，听脚步声汤立还真是没有喝多，不一会儿汤立就从厨房那边过来了，一只手里是两只杯子，另一只手里是一个盘子，因为是过春节，汤立给厨房的窗子上和大厅的落地窗上都装了那种闪烁不停的彩灯，彩灯这会儿还闪着，红的，绿的，黄

1

的，蓝的，李菁刚才去阳台朝外看了看，外面可以说是灯火辉煌，几乎是家家户户的窗口都装饰着这样的彩灯。

汤立又"啪哒啪哒"去了一趟厨房，除了酒，他还拿了切好的红肠，汤立特别喜欢吃这种哈尔滨红肠，其实哈尔滨跟他跟李菁都没一点点关系。汤立坐下来，已经把一片红肠放进了嘴里，马上又放了一片，又放了一片还不够，又接着放了一片，汤立说吃红肠的最好办法就是一下子放好几片在嘴里才能吃出红肠独特的味道。但整根拿在手里往嘴里送的样子可真是不好看。汤立说他只有上大学的时候才那么吃过。

"我以为人上了年纪就不会喝那么多了。"汤立说。

李菁知道汤立在说什么，但她的心事在另一边，她想不到在这样的晚上家里会出现一个这样的不速之客，这个老头居然有这个家的钥匙。李菁刚才已经说过了，要汤立去找找房东，问问他到底还有多少把这间房的钥匙，这么下去可不行。

"你这就打电话。"李菁说。

"马上给他们打电话。"李菁又说。

"是，真不像话。"汤立也说。

"就这么突然就进来了，真吓了我一跳。"李菁说。

"这是我的房子，我是他父亲。"那个老头刚才小声说，按道理他应该大声把这话说出来。

"我又不认识你，我要给你儿子打电话。"汤立说。

"不要给我儿子打电话。"老头又说，说他担心把他送回到养老院去。

"那你也不能住在这里。"汤立忽然有些生气，但连汤立自己也不知道自己是在生老头的气还是在生老头儿子的气。

"我只想回来看看，我不知道我的房子被出租了。"老头很伤心。"这才不到四个月。他们找了辆车把我拉来拉去，结果我就在养老院里边了。"老头十分伤心地说。

汤立把酒递给了李菁，说："你想喝多少就喝多少。"

李菁忽然笑了起来，她笑的时候杯子里的红酒直晃荡，她的另一只手里是一片红肠，她总是担心自己会发胖，所以吃什么都是一点点，但她吃起水果来却让人很害怕，汤立说李菁再要是这么下去就要变成虫子了，亚马逊丛林里的虫子，其实汤立是想夸一下李菁，所以接着说，"那边的毛虫可真他妈漂亮！在树枝上一拱一拱地爬，像急匆匆赶去结婚的新娘。"汤立是喝多了，他又补了一句，"结婚就是性交，是急着赶去性交，妈的，性交，谁都会的性交。"

李菁说："性交其实没有抽大麻好受。"

"那种好受的感觉在这地方。"李菁指指耳朵旁边的地方，又说。

"你是不是说我做得不那么好。"汤立说着，把酒杯放下，站起身，走过来。

"不要不要不要，那老头也许会跑出来。"李菁说。

汤立就又坐下，笑了起来，"也许他真会跑出来，像一只老动物，但肯定跑得很慢。"

李菁说："问题是，要问问这老头会不会真是房东的老爸？"

"我看是。"汤立说，"你不看他对这里的情况比咱们还熟？"汤立看了一眼周围，房子里的一切都是房东的，连电视和冰箱都是，现在租房子都这样，房东要把

4

什么东西都准备好。

李菁记起来了，李菁是一喝酒就什么都会记不起来，但她这次还是记起来了，这说明她喝得还不够多，她记起来了，老头一开始是在外面敲门，敲得很轻，那么轻的敲门声一般人都不会听到，门被敲了好久，然后才被从外边打开了，这让屋里的人都吓了一跳，当然老头也被汤立和李菁吓得够呛。汤立一下子就站了起来，他们正在吃饭，饭才吃到一半，年夜饭总是吃得很慢，这不单单是汤立和李菁他们一家。

"你是谁？"汤立问那个老头。

"你们是谁？我儿子他们呢？"老头说。

"你怎么会有这里的钥匙？"汤立继续他的问话。

那老头却侧着身，两眼看着汤立和李菁，他侧着身子朝卧室走，小声说，"这是我的家，我怎么会没有钥匙。"

汤立和李菁面面相觑，他们不知道老头去卧室做什么，问题是他们都有点发蒙，怎么回事？怎么会有这么一个老头从外边一下子进到他们的家里来，虽然这房子是租的，但也是他们的家。这老头居然有这里的钥匙。

5

汤立和李菁把这套房子租下来还不到两个月。

汤立和李菁冲进卧室的时候看见那老头已经坐在了床上。"这是我的床。"

"你不应该坐在这里。"汤立说。

"这是我的家，你们是谁？"老头问李菁，从进屋的那一刹那，老头说话总是对着李菁。

"我还想问你是怎么回事。"汤立对老头说。

"你们怎么会在我的屋子里？"老头说，"这是我的床，这个床现在无论去什么地方都不会再买到了，这种车工活儿现在再也不会有了，这种橡木床现在再也不会有了，西番莲。"

说实在的，汤立和李菁租这套房子的时候一下子就看准了这张大床，李菁当时还悄悄说："这张大床要是咱们的该有多好。"这张大床四边各有一根很粗的柱子，柱子的顶端是四个雕花，四朵西番莲花。

"怎么回事！你出去！"汤立说，而实际上汤立的愤怒是装出来的，汤立说："这房子是我们租下来的，是有合约的，我才不管这房子是不是你的，这床是不是你的，你现在给我出去。"

李菁给汤立说的话吃了一惊，汤立可不是这种人。

那老头从床边站起来，很努力地站起来，真不知道他刚才是怎么走到这个区的，既然他说他是在养老院，但可以肯定的一点是附近根本就没有养老院。老头站了起来，好像身上的每一个关节都已经锈掉了，都好像能让人听到"咯吧，咯吧"的响声了。但李菁还是听清楚了。老头在说，"我只想回家过个年，我只想回家过个年。"

李菁看了看汤立，汤立也正在看她，老头的话让李菁忽然伤心起来，但汤立拉了她一下，李菁就明白是什么意思了。汤立和李菁跟在老头后边，直到老头走到楼下拐角的那间一直锁着的门前，那间屋在他们租房子之前就已经说好了，是房东留着自己用，因为里边放着不少杂七杂八的东西。而且这间屋里还没有暖气。

汤立和李菁站在老头的身后，看着老头从身上掏出来一串钥匙，把那间屋的门打开了。

"你是不是今晚要住在这里？"汤立说话了。

老头已经进到了里边，"窸窸窣窣，窸窸窣窣"的声音从里边发出来。

"能不能给我点酒。"老头在里边说。

汤立看了看李菁，停顿了一下，小声说，"再把菜热热。"

李菁站在汤立的后边，老头没把门关好，这就让汤立和李菁能看到这间屋里几乎是放满了东西，他们是第一次看到这间屋子里边，靠门的这边是衣服架子，上面挂满了衣服，靠北边墙是一张床，床上也放了不少东西，老头已经把床上的东西搬了下来，老头可能是太累了，已经躺在了床上，这间屋里可真够冷。

"你不能睡在这里。"汤立说。

老头没说话。

"你会冻感冒的。"汤立又说。

"把门关上好不好?"老头说。

汤立没有关门，他拉拉李菁，然后他们就上楼去了。

"有没有酒?"老头在屋里又说。

"他要酒。"李菁说。

"他是应该喝点。"汤立说，"这是大年夜，不管他是谁。"

汤立已经给老头的儿子打过了电话，老头的儿子在电话里说他们全家正在三亚度假，说三亚这边真热，停停才又说，出了这种事真不好意思。他怎么从养老院里跑出来了？养老院是怎么回事？他们是收了钱的。老头的儿子在电话里不停地说。

汤立没再听电话里老头的儿子再说什么就把电话放下了，汤立心里忽然很难受，说不出的难受。他给自己点了一支烟。

汤立去了一下厨房，李菁正在厨房里热那些剩菜，一个很大的盘子放在那里。"他一个人吃不多，"李菁对汤立说，"少热一点就够他吃了。"

汤立去把酒取了过来，是一瓶高度白酒，汤立的父亲就爱喝高度酒，那个时代的人根本就不会把低度酒当回事。所以，汤立也喜欢高度酒。

"汤立，"李菁说，"要不让老头到厨房这边吃吧。"

"我也是这个意思。"汤立说，"这本来就是他的家。"

汤立和李菁又去了那间可真是够冷的小屋，汤立把自己的意思说了，说请老头到厨房里去吃，那边暖和一点。李菁也说，"你在这里吃东西也许会感冒。"让汤立和李菁想不到的是老头会拒绝，他请李菁把那一大盘菜和那瓶酒放在床上。

"既然我儿子把房子租给了你们。"老头说。

老头突然想起了什么，"我的狗呢？"

汤立和李菁互相看看，他们没见过什么狗。

"我那条狗活了都十六年了，"老头说，"也得给它吃点东西。"

"你儿子他们在三亚度假，狗也许跟着他们。"汤立撒了谎，这样，也许对老头是个安慰。

"我那条狗一直跟着我。"老头又说，"我回来也是想看看它。"

李菁又看了看汤立，他们无论是谁，都没见到过附近有狗出现。

"什么颜色？"汤立说。

"白的，身上有黄花。"老头说，他开始吃菜，又喝了一口酒。

"那是条好狗，从来没有咬过人。"老头说。

"那真是条好狗。"汤立说，"那条狗嘛，跟你儿子他们去了三亚。"

老头是很饿了，吃得又快又急，酒也喝得很快，看样子，老头身体其实不错。

"你慢点喝。"李菁说，"你喝完了可以过来看电视。"

李菁推了一下汤立，然后他们就又回到厅里去，电视开着，欢笑声从里边传了出来。但李菁和汤立都笑不出来，他们面面相觑。

"他说他有条狗。"李菁说。

"我根本就没见过什么狗。"汤立说。

"你这就打电话。"李菁说。

"打什么电话，给谁打电话？"汤立说，其实他马上就明白李菁让他给什么人打电话了。

"问问那条狗在什么地方，"李菁说，"这老头真可怜。"

"这真是很奇怪，我们管这些事做什么？"汤立说，但他还是很快就拨通了电话。但老头的儿子那边的电话一直响着，就是没人接。

"其实你是瞎操心，就是把狗找着，老头也不可能带条老狗去养老院。"

李菁不出声了，用手捂着脸，汤立以为李菁是困了，但他马上就明白李菁是怎么了。

"我很难过，"李菁的眼泪止也止不住，这么一来，好像感冒的不是别人而是她，她的声音也变了，她站起来，说要去再看看，看看老头还想再吃点什么，或许，他还想喝点什么热的东西，比如牛奶。

李菁去了厨房，冰柜里有牛奶，她用微波炉热了一下。

汤立把烟拿在手里，但他发现打火机打不着了，他把打火机甩了又甩，他翻了翻抽屉，抽屉里也没有备用的打火机。

汤立对李菁说他要出去一下买打火机，也许老头还想抽一根烟。

汤立出去了，外边很冷，但汤立只穿着拖鞋，一条秋裤，但他还是把那件很长的鸭绒衣披在身上，李菁忽然笑了起来，说："你这身打扮像不像暴露狂？"李菁还是上大学的时候，有一次她在小道上走，对面就站着一个男的，穿着件很长的大衣，李菁根本就没这方面的经验，她走过去的时候，那个男的就猛地把大衣张开，李菁那次不是被吓坏了，而是觉得不可思议，奇怪那个男的里边居然什么都没穿。

"你真像我上学时候遇到的那个男人。"李菁说，"你这样子真像。"

汤立出去了，不一会儿就买了打火机回来，这时候已经是后半夜两点多了。

"好家伙，就为了买一个打火机。"李菁说。

"那面，你没过去?"汤立用手指了指，说。

"我等你。"李菁说。

汤立忽然把李菁抱了一下，把自己的脸贴过去，汤立的嘴立刻找到了李菁的嘴，汤立的嘴把李菁的嘴拱开了，汤立把一口烟吐在了李菁的嘴里，汤立经常这么做，李菁也喜欢他这么做。

"再来一口。"李菁说。

汤立的嘴就又找到了李菁的嘴，汤立把嘴里的烟送在李菁的嘴里。然后，他们去了老头待的那间屋，那间屋子真够冷的。

汤立已经把要说的话想好了，就说已经打电话问过了，那条狗跟他的儿子去了三亚，但汤立没说什么，因为那老头已经睡着了，脸朝里侧身躺在那里，那一瓶酒已经全喝光了，大盘子里的饭菜却剩了不少。

"这是他的家。"汤立小声说。

"我们不过是房客。"李菁也小声说。

天终于亮了，老头醒来了，头有些疼，那一整瓶酒让他睡了个好觉。

老头醒来的时候忽然吃了一惊，他发现自己躺在橡木大床上，床边的那四个柱子还跟过去一样，柱头上的西番莲花还一如往昔地开放着。

"您可睡了个好觉。"后来，汤立出现在了屋门口，李菁站在他后面。

汤立说，"我想告诉您……"

但汤立不知道接下来该说什么了。

乔其的爱情

王小民拿着壶站起来，朝那边望望，给乔其的杯子里又加了水。

"我真还有点饿了。"王小民说着，又坐了下来，眼睛还看着那边。

"你该减肥了。"乔其说前天刚看到一个视频，视频上是一个人不小心摔倒后站不起来了。"怎么也站不起来了。"

"骨折了吗？"王小民看着通向饭店厨房那个门，服务员都是端着东西从那里出出进进。很忙。又有一个服务员从里边出来了。

"你猜猜为什么？"乔其说。

"骨折嘛，还会是什么？"王小民说。

"根本就没骨折。"乔其忽然笑了一下，"因为那是个少见的大胖子。"

"什么?"王小民看着乔其，不明白她在说什么。

"胖到摔倒都站不起来，你说他到底有多胖。"乔其说。

"不可能吧。"王小民对这个话题不太感兴趣，他看着那边，朝那边招招手，一个服务员马上就走了过来，以为这边还要点什么菜。

"还需要加点什么?"服务员问。

王小民一下子就火了，手在桌子上拍了一下，说："我们等的时间太长了。"

"快了快了。"服务员说马上就来。

"都得等，你发什么火儿。"乔其小声说。

"饥饿感越强到时候就越能吃。"王小民说，"我可不想再胖。"

乔其觉得自己还想再说说那个胖子摔倒的事，"后来连警察都来了。"

"你说什么? 什么警察?"王小民不知道乔其在说什么。

"因为那个胖子从地上站不起来，围观的人把路都给堵塞了。"乔其说。

"哪有这种可能。"王小民说一个人再胖也能自己爬起来吧，在家他不去厕所吗？晚上他不睡吗？睡在床上他不下床吗？他怎么翻身？你能不能别一吃饭就说胖子？王小民有点不高兴。

"你看你，这么大声。"乔其说。

"因为我不信，一个人摔倒了自己会爬不起来。"王小民说。

乔其不准备再说，她要给王小民把那个视频从手机里找出来，乔其看手机的时候服务员把他们点的烙盒子给端上来了，用一个很大的方形塑料托盘，乔其点的是芹菜牛肉馅儿的，王小民点了猪肉大葱和羊肉胡萝卜的，刚刚烙出来的盒子散发着让人忍不住想马上开吃的香气，盒子烙得恰到好处，焦黄焦黄的，还冒着细碎的油泡，真是诱人。

"可来了。"王小民已经把一个烙盒子夹到了自己面前的盘子里。

乔其放下手机，看着王小民，用餐巾纸慢慢慢慢擦拭筷子。

王小民用一根手指抹了一下嘴唇，王小民的手指可真粗，像根小香肠，乔其发现半个烙盒子已经被他吃下了肚子。

"小心烫着。"乔其说，"又没人跟你抢。"

"今天是有点饿。"这是王小民的话。

"我真为你的饥饿感担心。"乔其也开始吃，烙盒子很烫嘴。

"来点酸梅汤?"乔其说，意思是问王小民也来不来一杯。

"那就也来一杯，这么吃烙盒子很好。"王小民说这也是混搭。

王小民马上朝那边招了招手，王小民的手举起来的时候就像是五根肥嘟嘟的香肠。

"来了来了。"有一个服务员朝这边过来了，端着那种塑料大托盘，却一闪身去了另一桌。

王小民又招手，这次又过来一个服务员，马上端来了两杯酸梅汤。

"这是免费赠送的。"服务员对王小民说。

"可以免费赠送几杯?"王小民说。

"够了够了。"乔其马上对那个服务员说，"我们两杯就够。"

"我们可是常客。"王小民说。可连他自己也不知道这么说是什么意思。

"这是甜的。"乔其小声对王小民说，"不能喝那么多。"

王小民和乔其常来这个小店，就是因为这里的烙盒子做得好，这个店除了几道小菜之外就只卖烙盒子，烙盒子和馅儿饼的区别仅在于烙盒子是月牙形的，厚一些，里边的馅儿一般来说要比馅儿饼多。这个店里的烙盒子有十多种，牛肉芹菜和猪肉韭菜的烙盒子好像是最受欢迎。来这里吃烙盒子的一般都是老顾客。乔其一般来说吃三个烙盒子就很饱了，而王小民却能吃五个，有时候还会吃六个，有时候还会吃七个。那一次王小民和乔其在烙盒子店对面的公园里边玩儿了几乎有一整天，他们在湖边的一棵很隐秘的柳树下的长条椅子上甚至还做了爱，虽然树上的那些流氓蝉不停地一边叫一边往下滋尿，这真是让人够受的。然后王小民就睡着了，刚才

19

垫在身下的报纸这会儿盖在了脸上，那些树上的蝉可是真能尿，一会儿滋一点，一会儿滋一点。但王小民还是很快就睡着了，因为那种事说实话也挺消耗体力的，尤其是对胖人来说。睡觉这种事好像是会传染，后来乔其也睡着了，她也用一张报纸盖着脸。结果那天王小民一连吃了十个烙盒子，那才真算是一个纪录，把乔其吓得够呛。乔其和王小民喜欢来这地方吃烙盒子就是因为这里的简单方便，烙盒子，再要一个清淡的丝瓜汤就都有了，如果胃口好当然还可以要一些蔬菜，但这种时候不多，更重要的是这里可以想坐多久就坐多久，还可以喝免费的茶水，虽然那茶水连一点茶的味道都没有，但乔其和王小民就是很喜欢这个地方。他们喜欢在这里说话，有时候还会看看自己带来的书。乔其最近看的一本小说叫作《守望草垛》。

王小民还在吃他的烙盒子，发出"呼哧呼哧"的声音，一个人只有爬山的时候才会发出这种喘息，而且是爬很高的山。

乔其对王小民说："别忘了晚上要去马伟家，所以你现在最好别多吃。"

王小民头也不抬，说："我多吃了吗?"

但下一盘烙盒子再端上来的时候，王小民好像更管不住自己了，吃得更快。

乔其看着王小民，"王小民!"乔其说。

王小民抬起头来，看着乔其，"呼哧呼哧"。

"你知道不知道你吃了几个了?"乔其说。

王小民看看放烙盒子的那种很大的盘子，再看看乔其，乔其盘子里的那一个烙盒子还剩半个，乔其吃饭总是很慢。

"我再来一个就行。"王小民说，"要不我晚上就没劲。"

乔其看了看旁边的那一桌，那桌的人肯定没听到王小民在胡说什么。

"你什么话都敢在这地方说。"乔其小声说。

"我说什么了。"王小民也看看那边，笑了一下，他这时已经又把一个烙盒子吃掉了，他看着盘子，又看看自己的手指，手指上都是油。王小民几乎每一根手指都有乔其的两根那么粗。

"你说你说什么了，现在是中午，谁让你说晚上。"

乔其说。

"其实我饭量不能算大，我一般从不多吃。"王小民把身子往后靠，"咯吧"一声，椅子猛地响了一下，把周围的人都吓了一跳，饭店的椅子还算结实，但乔其还是很担心王小民会把它一下子坐垮了。

"我一定要给你把那个视频找到。"乔其说。

王小民一吃起东西来就会把所有事都忘掉，"什么视频？"

"就那个胖子摔倒爬不起来的视频。"乔其说。

"吃饭的时候不要说胖子好不好。"王小民说。

"你少吃点我就不说。"乔其说。

"你最好不要对着胖子说胖子。"王小民说，"这不是个事。"

"好，"乔其看看两边，"但你以后吃饭要慢点，多嚼嚼，肚子里就会产生一种饱胀感，肚子里产生了饱胀感就不会再想继续吃了，人也不会发胖。"

王小民说："你吃你的，"又说，"其实我真的没吃多。"说话的时候王小民已经又把一个烙盒子夹在了自己面前的盘子里，"我看我还要再来一个，我其实没多吃。"

乔其不再说话，她可怜巴巴地看着王小民，她觉得他已经够了。

"你说什么，你说今天晚上能让我看到什么？"王小民忽然想起什么了，小声问乔其，其实他明白自己这是在讨好乔其，怕她生气。

乔其不想说话，她只希望王小民不要再吃。

"你是不是说晚上能看到那个磁铁？"王小民说。

"晚上马伟那里有许多好吃的。"乔其说，"这可是他从西藏回来头一次请咱们吃饭，这次那个磁铁也跟着去了，问题是磁铁没工作，他花的钱都是马伟给的。"

王小民说："问题是你要告诉我能看到什么？是不是就是那个磁铁？"

乔其就笑了一下，说，"是，是那个叫磁铁的大男孩儿。"

"呵呵呵呵，"王小民马上也笑了起来，"说什么大男孩儿，都快三十岁了，这可真是一件很传奇的事，你最好听听马伟亲自讲一下他是怎么认识他的。"

"咱们一会儿去下超市。"乔其说应该给马伟买点什么。

"马伟这家伙真有意思。"王小民不吃了，拍拍手，终于停了下来，他从纸盒子里抽出几张纸擦了擦手，把身子往后靠了靠，身体里忽然发出了"卟卟"的两声，好像肚子要爆裂了，所以，王小民又把身子欠了欠，把裤带松了一格，这样肚子会舒服一些，王小民说自己吃饱了就不想动了，他想抽支烟，喝点茶，最好再多坐会，这时候外边很热，出去就是受罪。

王小民朝那边招了招手，又用手指了指餐桌上的茶壶。

服务员提了个暖瓶过来，给壶里加了水。

"太淡了，没一点茶味儿。"王小民看着服务员。

服务员已经走开了，好像根本就没听到王小民在说什么。

"马伟这家伙太有意思了。"王小民对此并不在意，他只要一吃饱肚子脾气就会变得很好，王小民开始说马伟的事，乔其知道的马伟的事，差不多都是从王小民这里听来的。有一阵子，王小民总是在说马伟的事，王小民对乔其说："你知道吗？马伟是个动物爱好者，先是养狗后是养猫，还养过那种只会喳喳乱叫的小鹦鹉，还养过一条小蛇，一个挺大个儿的龟，那只龟可真是太大了，有时候马伟就坐在那只龟上跟朋友们说话。大龟一动不动的时候朋友们还以为那是把椅子。"

"你说点新鲜的。"乔其又开始弄她的手机，王小民一抽烟她就放心了，这说明王小民不会再吃了，她想把那条胖子摔倒在地爬不起来的视频找出来，但手机好像出了什么毛病。

"那条腿啊，你想都想不到会有多么粗。"乔其对王小民说。

"你说什么？"王小民说，"你怎么又说这个。"

"待会儿你就知道我说什么了。"乔其用两只手的手指把手机刨来刨去。

王小民忽然笑了起来，"那我就说点新鲜的，你肯定没听我说过。"

"有什么新鲜的。"乔其的两只手继续在手机上刨，她知道王小民又要开始说马伟了。

"就马伟那条叫黑子的狗，可是太有意思了，那时候马伟还没结婚，还住在离公园不远的那个小区，吃完晚饭他总是要带着那条狗去公园走走。那天就出事了。"王小民看着乔其，"你猜出了什么事?"

乔其没说话，她在用手指刨她的手机。

"你听我说话好不好，要这样，你眼睛迟早会出问题。"王小民对乔其说。

乔其停了一下，看看饭店窗外，只看窗外那棵树，她认为绿色可以把眼睛的疲劳一扫而光，她看了一小会儿，又闭了一下眼睛，也只一会儿，马上又低头用两只手刨手机。

王小民让乔其猜一下马伟带着那条叫黑子的狗会出什么事，

"咬人，还能做什么。"乔其头也不抬地说，"它又不会拉出块金子。"

"问题是马伟遛狗的时候天都黑了。"王小民说。

乔其把杯里的水喝了一口，她也有点口渴，她估计是烩盒子里的味精放多了，饭店总是这样，很舍得放味精。王小民又给乔其的杯子里加了水。

"你也不问问是什么事?"王小民看着乔其。

"狗能有什么事，除了把人咬了还能做什么。"乔其说这还用问。

王小民就笑了起来，说，"马伟拉着那条狗从小树林过的时候狗突然挣脱了链子一头就窜进树林里去了，狗一进去，马伟马上就听到了尖叫。"

王小民停下来，说，"你根本就想不到会是什么事，那时候天都黑了。"

"能有什么事？"乔其说。

"是一男一女在树丛里尖叫。"

乔其看着王小民，有点明白了，像是知道是怎么回事了。

"接着说，你别停。"乔其说。

"一男一女正在里边光着屁股，差点没让马伟的狗吓死。"王小民笑了一下。

乔其不看手机了，看着王小民，这种事，一般人真还想不到。

王小民说："马伟这家伙就是和别人不一样，他把狗从树丛里拉出来他不走，一直等那一男一女穿好衣服从树林里出来，马伟还跟人家不停地道歉，还问人家有事没事，'有事没？啊，有事没？'马伟不停地问人家，人家那一男一女根本就不理他，马伟还跟着问，'有事没，啊，有事没？'"

王小民笑了起来，乔其看着王小民，觉得这事其实一点都不好笑。

"乔其。"王小民不笑了，他叫了一声乔其的名字。

"干啥？"乔其说。

"我好不好再来瓶啤酒。"王小民说，"要不我就真要犯困了。"

"说好了只一瓶，啤酒会让人发胖。"乔其说。

"你也来一瓶不？"王小民说。

"我也许马上就找到了。"乔其说，"让你看看，那条腿啊，可真粗。"

王小民已经朝那边招了手，这时又有客人从外边进来了，因为这个烙盒子店紧挨着公园，所以几乎是一天到晚这里都有客人。服务员过来问有什么事，马上就把啤酒拿了过来。

"这才叫啤酒。"王小民喝了一下，说啤酒要是温度不对头就跟马尿似的。

王小民又朝那边招手，"再来点冰块儿。"

服务员马上就把冰桶拿了过来，放在桌上，"砰"

的一声。

"声音是不是有点太重了?"王小民对那个服务员说。

那个服务员好像根本就没听到王小民在说什么,已经走开了。

"别找碴儿。"乔其说。

"我不能什么也不就,就这么干喝啤酒,"王小民说,"我其实也没吃多少。"

王小民的话让乔其紧张了一下,乔其看着王小民,知道他什么意思。

王小民把盘子里的一个烙盒子拿起来又塞到了嘴里,咬了一口,烙盒子的四分之一就没了,又咬了一口,烙盒子的四分之二就没了,再咬一口,再咬一口,烙盒子就像变魔术一样不见了。

"我其实没吃多少,真的没吃多少。"王小民鼓着腮帮子说,"我现在够节制的。"

乔其叹了口气,没再说什么,她奇怪那个视频去了什么地方。她想让王小民看看那个视频,看了那个视频也许王小民就不敢这么吃了。人要是吃那么胖就成废物了。

乔其把手机关了又重启了一下，用两个手指，乔其的手指纤细好看，刚结婚那阵子王小民总是爱把乔其的手指含在嘴里才能入睡，后来乔其不敢再让王小民含了，怕他错牙的时候把自己的手指给咬下去。那时候，他们总是十分迷恋对方的身体，但现在乔其睡觉的时候很怕王小民一翻身不小心会把自己给压断一件子，比如胳膊，或者是腿，王小民现在实在是太胖了。

　　从饭店出来，王小民和乔其去了超市。然后，去了马伟家。

　　马伟没过来开门，他在厨房里忙，其实不是忙，而是瞎鼓捣，朋友们都知道马伟其实不怎么会做菜，他只是吃得多见得广，肚子里有不少花样，一会儿一个花样，一会儿一个花样，朋友们都说马伟是肉食动物，马伟的冰箱里除了肉几乎就没有别的东西，他最拿手的好菜就是用油煎午餐肉，有一阵子，马伟总是吃这东西，在外边野营，他也吃不上别的什么东西，艺术家一般来说都是肉食动物，说得好听一些是肉食者。马伟最拿手的就是把那种长方形一听一听的午餐肉从罐头盒里取出来切成很薄的片然后放锅里煎，煎好后再用胡椒槌子往上边拧些大颗粒胡椒，这个菜下酒很好，要不就是用那种豆豉鱼罐头，一次用十多盒这样的罐头，把鱼从里边取出来和许多许多的红辣椒放在一起炸，把鱼一直炸酥了，再撒些白糖在上边，这个菜也是下酒的，罐头里剩下的豆豉再用来炒一个随便什么青菜。马伟虽然不是什么好厨师，但他鼓捣出来的菜特别合适喝酒，所以朋友们总是到他这里来一喝就是大半夜。后半夜的时候他们也许还会吹会儿口琴，各种的乐器里边只有口琴在半夜三更的时候听起来才不那么太吵人。

　　王小民敲门的时候，过来开门的就是那个外号叫磁铁的小年轻，人精瘦精瘦的，而且黑，真黑，几乎就像个黑人，所以，眼睛就很亮，这很合马伟的口味。所以马伟无论到什么地方都愿意带着他。王小民让乔其先进，乔其进屋的时候王小民在她后面用手指轻轻点了一下，乔其就什么都清楚了，换完拖鞋王小民才小声对乔其说，"真像块磁铁。"说这话的时候磁铁已经又去了厨房，厨房里还有不少事要做。送外卖的刚才来了一下，磁铁要帮着马伟把那些个菜都装到盘子里去。马伟的那些朋友都早来了，他们已经喝开了，那几个女朋友正在看马伟从西藏带回来的照片。

"你们都喝开了。"王小民对那几个朋友说。

"我们在等你，还没上桌。"有人说。

有人马上把一杯啤酒递给了王小民，那些人的手里都端着啤酒，他们和王小民碰杯，杯子"哗啦哗啦"，是冰块儿。他们也都是王小民的朋友。

乔其跟那些朋友打过了招呼，她本来想先去厨房看看，把从超市买的酒拿给马伟，但她打消了去厨房的念头，她把带来的葡萄酒放在餐桌上，是三瓶"雷司令"，这个牌子的葡萄酒现在不多见了。餐桌上的东西让乔其吓了一跳，餐桌上满满当当，乔其觉得自己倒抽了一口气，餐桌上怎么会都是肉？一盘一盘的肉，一盘一盘的肉，几乎就没有蔬菜。这对王小民绝对是一个诱惑。

王小民已经把那杯啤酒干了，他又给自己来了一杯，乔其跟在他身后边，"这么多好吃的东西，你也不来一杯？"王小民对乔其说，"都是好吃的，这么多，都是我爱吃的。"王小民又说。

"还有酱猪肚呢。"王小民说猪肚是他最爱吃的，尤

32

其是酱猪肚。

乔其打了一下王小民的手，因为王小民已经把一片酱猪肚用手指拿了起来，不但拿了起来而且已经送到了嘴里。

"我一吃就知道这是朱家桥的。"王小民已经进了厨房。

厨房里真是乱得可以，地上也乱得可以，案子上更乱，待会儿要炒的菜也都准备得差不多了，可以先喝了。马伟更是个酒鬼，他系着一条围裙，那是条砖红色的很大的围裙。围裙的前边有一个小口袋，里边插着一把口琴，时不时的，马伟会把口琴取出来吹一下。王小民跟在他后面，磁铁留在厨房里，他准备待会儿给大家煮面条，当然不是现在煮。

马伟和王小民从厨房里走了出来，马伟招呼人们坐，说，"还等什么，菜多得放不下，吃得差不多的时候再上。"

"先把啤酒都干了，都换白酒。"马伟说。

"女人们都别看照片了，我很快要出画册的，到时候每人一本。"马伟又说。

那几个女的，也都是马伟的朋友，正在看照片，这会儿都把照片放下，坐了过来。坐下，然后又都马上站起，开始干杯。

碰杯的时候，马伟问王小民，"你老婆呢?"

"是不是在洗手间。"王小民说。

"去去去，什么卫生间。"马伟已经看到了，因为他站在靠窗台这边，可以看到露台，乔其在露台上。"乔其在给谁打电话，让她吃完再打。"

王小民马上去了露台，马伟的露台上种了不少薄荷，都已经开花了，紫色的花，很碎，不香不臭没什么味儿。

王小民对乔其说，"进来进来，快点。"

乔其说，小声说，对王小民说，"我一定要你看那个视频，你必须看那个视频，那个人胖到摔倒在地都爬不起来，我必须让你看，你不看不行，你之所以这么吃是因为你没看到过那个视频。"

乔其的手机被她自己搞出毛病了，这时又死机了。

王小民不再说什么，看着乔其，把手慢慢伸进自己的口袋里，把手机掏了出来，点开，再点点，再点点，然后递给乔其。

"是不是这个?"

"是不是这个?"

"是不是这个?"

乔其把脸凑过去。手机视频的画面上,那个巨大的胖子正坐在地上,身子是侧着,看样子他正在试图爬起来,但他无法让自己从地上爬起来,他的周围,有许多人在走来走去,走来走去,走来走去……

办　喜

离五月十六办喜的日子还差两天，刘继文又去了一趟王镇长的家。

徐文兰说："你别开玩笑了，请帖也送了，礼也上了，你还去，到时候人家不来，你的脸就没处放，第二天请他是正理，别人怎么做你就怎么做没错。"刘继文说："要那样我就不是刘继文了！你知道不知道什么叫'有钱能使鬼推磨'，你要是不知道你就学着点儿！"

这天下着点小雨，这时候的雨还是春雨，因为还没到六月，雨小到好像没有，所以远近一片迷蒙，地上黏得很，要在往常，刘继文会在端午的两三天前来王镇长家，每年都习惯了，端午前来一趟，送三千或五千，中秋再来一趟，也是三千或五千，春节那一次也差不多，多也多不到哪里，少也少不到哪去，每年三个节，不单单要送王镇长，镇上其他有关的头头脑脑刘继文也都要送到，礼送到了碰到什么事就好办些。王镇长就在刘继文后边的那栋楼住，院门口种了两株桃树，桃花已经落得差不多了，细眉毛样的叶子已经长了出来，桃树的叶子刚刚长出来的时候那颜色可真俏，紫微微的，好像在那里说，是我好看还是花儿好看？

　　看见刘继文从外边进来，王镇长的脸亮了一下。"抽烟。"王镇长指指桌上的烟，说："不过我这烟可没你那好！"刘继文笑嘻嘻地把自己的烟掏了出来，说："我这烟比镇长的烟差远了。""你会抽这种屁烟，你是个抽'芙蓉王'的？"王镇长说。刘继文又把自己的烟收了起来，笑着说："我还是抽镇长的烟吧，还是镇长的烟好，我要是做了镇长我也抽这个。""放你妈的狗屁！我还能比上你！"王镇长说，"金条不能当烟抽，金条要是能当烟抽你每天还不抽他妈一两根？"刘继文说："镇长你也别笑话我，我都不知道金条长什么样？""什么样？跟老玉米棒子差不多！"王镇长说。"能有那么粗？"刘继文笑着说。王镇长说："没时间跟你瞎扯淡！煤窑那边最近怎么样？有没有什么烂事？""情况挺好。"刘继文说最近一直没什么让人烦心的烂事，所以才想请镇长端午节前到窑上看看，这几天正是吃羊肉的时候，让人好好儿宰两头，吃一次全羊席，新来的厨子手艺挺好，赶回来的时候给老姑带条羊腿。王镇长看着刘继文，没说去，也没说不去，欠欠身，又往后靠靠，却说："上次镇派出所杨海林所长那边我给你说了，要不连'鸡'带你那煤窑一块儿罚，'鸡'去你那地方，你那地方就是个'烂鸡窝'，抓'鸡'的最好办法就是'拆鸡窝'！现在'鸡'还去得多不多？我告诉你，小心杨所长把你那'鸡窝'真给拆了！没了'鸡'你就吃不上蛋了！"刘继文笑了起来，说："我哪敢在镇长面前说谎话，说一个'鸡'也不去完全是假话，只是现在去的比以前少多了，不过井下那帮子光棍一个比一个硬，我能管'鸡'，让保安见了就抓，手下绝不能留情！但我管不了人家那地方硬！别说别人，我有时候都管不了我自己！"见王镇长脸上已笑成一朵花，刘继文马上把话一转又说到请王镇长去吃羊肉的事，说，"镇长你来定个日子，你赏我个脸。""来来回回费多少油！"王镇长说，"吃你一顿羊肉翻山越岭的不划算。""这也说得是。"刘继文笑了，马上把口袋里一捆用报纸包的包拿了出来。"什么东西？"王镇长说。"油钱啊。"刘继文笑着说。王镇长用眼瞄了一下，包里的钱起码够四五指厚。王镇长停了一下，好像是在想应该先说哪件事，是说包里钱的事？还是说去吃羊肉的事？结果是王镇长哪件事都没说，却说起看戏的事，说："我办喜那天是没办法，唱戏动静太大，我家老姑多少年没回来过了，就想听听咱们这边的老调。你那天定的是什么戏？是哪个班子？"刘继文说："定哪个班子没关系，只要老姑想听老调我就让他们把戏换了，让夏国庆过来唱唱《卷席筒》。"王镇长说："那能行？已经定好了吧？""怎么就不行。"刘继文说还不就是两三千块定金。"要这么说，到那天我老姑就过去听老调。"王镇长说："人老了就这样，过去的什么都好，现在的什么都不好。""好，再加上一出《杀狗》。"刘继文说，"到那天我再找个人陪着。"王镇长说："你办你的事，不用陪。"刘继文把身子往前靠靠，侧过脸看王镇长，遂笑嘻嘻把话说了出来："镇长你一高兴我就敢说话。"王镇长说："我什么时候不高兴了，有屁就快放。""那我就说了？"刘继文说，"我办喜镇长你行不行头天就给我去长长门面!""头天去?"王镇长说,"我头天去过谁家?影响不好吧?""有什么不好?我不过一个煤黑子!"刘继文笑嘻嘻地说,"镇长你就给我这个煤黑子个脸行不行?""你他妈啥煤黑子。"王镇长说,"你看看什么地方有你这样的煤黑子。""我不是煤黑子谁是煤黑子,你要是那天不去我从头到鸡巴整个都是个煤黑子。"刘继文说。"鸡巴下边那半截儿呢?那半截儿我看你也白不到哪去!"王镇长说。"那半截儿让狗吃了!"刘继文说。"是镇妇联的母狗吧?"王镇长说着大声笑了起来,遂指指桌上那个包儿,"那你就先把你的油钱收起来,我坐我的车还用你的油钱。"王镇长把话又转了回来。"哪是油钱!我也没那么傻,镇长还没去我就先把油钱给垫上。"刘继先笑着说,"这是端午节我孝敬镇长的一点点狼心狗肺!孩子办过事,过端午节的时候我想和徐文兰去走趟亲戚,到时候我也许就来不了。"

王镇长没问他和徐文兰要去什么地方走亲戚,又说,"你把它收起来。"

"这是我的一点点狼心狗肺。"刘继文站起来,又笑着说。

从王镇长家里出来，王镇长一直把刘继文送到门口："今年雨可真多，到时候我看吧。""一定去。"刘继文说。"我看吧。"王镇长说。"一定！"刘继文又说。

刚刚进入五月，麦店东边的麦子就都一拃多高了，给风一吹那才好看，不是麦浪，而是麦子的涟漪，涟漪要比浪来得细碎，所以更加好看，要是站在地头看，你也许就会看花了眼，只觉得那一拃多高的麦子是在朝着同一个方向奔跑。一年四季中，五月可以说是一个比较特殊的月份儿，是春天和夏天举行交接仪式的月份，春天的接力棒是桃花、杏花、李花、迎春花什么的，而到了夏天，那接力棒就变了，变成一大片一大片的绿，这个绿那个绿，绿这颜色，猛看都一个色儿，但细看却各是各的。人们呢，就最喜欢在这个节骨眼儿上办喜，麦店这地方把结婚叫作办喜。这时候办喜有几样好处，一是新鲜蔬菜已经下来，桌上花样可以多一些，二是天气也不那么热，要是在三伏天办，好家伙，首先新郎新娘就会受不了，那么热，静静躺着都要汗出如浆，更不要说别的什么事！可结婚为什么？难道就为静静地那么躺着？五月办喜还有个好处就是，如果新郎善于耕云播雨而又不偷懒，也许新娘六月就一下子怀上了，到隔年三月，小孩儿一生下来迎面就碰到个春天！从春到夏再到秋，孩子也好拉扯，到了天冷的时候，孩子早已经是个胖大孩子了！既然五月办喜有这么多好处，所以人们都争抢着要在五月办。麦店这一带，办喜是不时兴去饭店，曾经也时兴过那么一阵子，现在又不时兴了，现在又重新时兴在家里办，在家办可以搭台子唱戏，这边锣鼓喧天，那边吆五喝六，两边的热闹加在一起那才叫热闹！去饭店办喜哪像个办喜？

　　刘继文给儿子办喜的日子是年初就定下的，是五月十八。让他想不到的是麦店王镇长的儿子凑巧也在这个月，是五月六号，会计刘定国恰好也是这个月，是八号，团委小刘也在五月，是十号。十号之后又有四五家。还不出四月，请帖就都已经陆续送过来了，这个送，那个送，而唯独王镇长的请帖却迟迟不到。徐文兰毕竟是女人家，又加上她在镇妇联上班，怎么说呢？她多少有那么点担心，她对刘继文不止一次念叨，"是不是会有什么事？怎么还不请你？"刘继文也不止一次地说，"他还不就是个屁大点儿镇长，应该说到时候我是去还是不去！"嘴上这么说，心里横竖也在打鼓，望望天，分明又阴晦了下来，自己的煤窑就在麦店的辖区里，在麦店，还有谁能比镇长大？镇长就是个天！要是王镇长真不请自己，也许真要有什么事了，刘继文再有钱也不愿意惹上事。徐文兰看着刘继文，坐下来，反过来倒劝他要放宽心，说没啥，现在办喜不像以前，老早就要开始瞎张罗，还要砌那么个大灶台，现在什么都进步了，什么都不必事先置备，厨子连灶都会带过来，灶都是用钢架子焊的，下边有六个轱辘，可以拉了就走，像一挂车。蒸笼和锅碗瓢盆，连筷子吃碟大盘小盘和小醋壶也都是厨子往过带，还有大圆桌、小圆凳，也都是厨子往来带。"办事是这样，"徐文兰看着刘继文，好像是在询问刘继文，"请客镇长那边也许就下请帖了，也许到时候会打个电话？现在打电话又方便。"刘继文对徐文兰说自己有什么好担心的！他请不请没关系，重要的是咱们的事办好就是。刘继文对徐文兰说："我想来想去咱们办喜不能和别人一样，吃啊喝啊的，那些个东西弄来弄去都差不多，咱们得跟他们在别的地方有个区别。"徐文兰不知道刘继文说的"别的地方的区别"是什么意思，

43

说："办喜就是办喜，还能办出个什么花样？赵花子就那么一个，你还能请出个李花子刘花子黄花子？"赵花子是这地方说快板书的，嘴特别的巧，会临时现编现说，人们办喜都喜欢请他。刘继文说："就是真来个赵花子又能算什么？还不就是个唱快板儿，快板儿什么时候都比不上大戏！"徐文兰听得出刘继文话里有话，说："说说你的大戏，让我看看你的戏有多大？"刘继文说："咱们办事，头天我就要让王镇长出来坐席。"徐文兰一下子张大了嘴："你也不看看谁家办事他头天出来坐过席，还不都是过后专门摆一桌请他！"刘继文说："我是谁？"徐文兰说："我还不知道你是谁？你这么做就是不懂规矩！"刘继文笑了："规矩是谁定的？天下的规矩说到底都是钱定的！别人都是第二天请他，但我就是要让他头天给我过来坐席！我差什么？我什么都不差，就差他过来给我长长光！"徐文兰看着刘继文，半张着嘴，像是要打喷嚏又打不出来的样子，"那你就试试，看看他会不会来。"刘继文说，"这点儿办法我还有！你就让你那宝贝儿子好好儿等着入他的洞房吧，看看那小子还有什么不满意的？"徐文兰说："他还有什么不满意，他比咱们那时候强一百倍。""要是和我那时候一样就完了!"刘继文说。

人们都说刘继文的宝贝儿子根本就和刘继文不一样,虽说当过几年兵,却有些斯文,这斯文是乡下的那种路数,见人会脸红,而且不爱说话,但他有爱好,没事爱在家里吹小号,他在部队军乐队待过一阵子,曲子翻来覆去是那支《小白杨》,人们都觉得刘继文的这个儿子是在怀念部队,可他怎么就不在部队待下去呢?人们都说既然他有刘继文这么个好老子,要多能干就有多能干,几年下来,把个煤窑操持得要多风光就有多风光,那风光下面,谁不知道都是一层又一层一层又一层白花花耀眼的银子!就刘继文住的那个小区,大大小小出来进去不是科长就是副科长,唯有刘继文什么也不是,但他又什么都是,还什么都要比别人高一头,所以他才能住到这个小区里来。刘继文住的是镇计生委主任喜来和人大主任郝美兵的那两套房,为这两套房子他花了大价钱,两套房子打通就是一整栋小楼。在这小区里边,一家一户能住一栋小楼的也就刘继文,别说别人怎么看,路来路过,连王镇长有时都会朝刘继文的小楼多看几眼，有时候还会忍不住冒出一句："妈的，看看刘继文这家伙！看把他烧的！""还不就是多几个臭钱！"司机会马上随声附和。"话可不能这么说——"王镇长马上又会慢慢来这么一句。"这镇里还是数您大。"司机又说。"现在什么都变了，不能这么乱说。"王镇长说。但话该怎么说，王镇长没往下说，王镇长说话向来都很谨慎，倒不是因为大家都住在一个小区。这个小区，原是镇上一片开阔的大果园，李子树、桃树、沙果树、苹果树，还有葡萄，繁茂得很，每年都有大车过来拉水果，这个小区还有个挺好听的名字，叫"小罗马花园"，可人们对这洋里洋气的名字并不认可，并且鄙视，人们只叫它"麦店小鸡巴楼"。

　　王镇长儿子办喜是六号，五号这天下午刘继文收到了请帖，王镇长是个出了名的心细人，办这种事他从来都不会急，他不会再犯书记的错误，现在上边不让大操大办，抓住了就得给个处分，王镇长会把前前后后都想到，所以，他五号才派人往出送请帖，六号办事五号才往出送请帖好像是有点晚，但他是镇长，他怎么做都不

46

能说晚。五号是个星期五，星期六日正赶上人们休息，就是有人想闹事去纪检委瞎举报什么的也没那个机会。请帖送来，刘继文这才放了心，徐文兰也放了心，这证明一切如常，证明不会有什么事发生，接下来照例是去吃喜酒，刘继文两口子都去。吃喜酒也没什么好说，吃喜酒在什么地方都是那个样子，不过是边吃边喝边耍笑新娘子，但遗憾的是王镇长办喜没有戏，为此王镇长还在每张桌边都走了一下，端着酒，还普遍地解释了一下，说是自己办喜，不便动静太大，走到刘继文这一桌，还特意指着刘继文开玩笑："想看戏就等刘矿长办喜那天吧，那天总会有好戏！"刘继文说："我一个煤黑子能有什么好戏！""什么煤黑子，银子可是白的！"王镇长笑着说，"就是银子太多别晃花了眼。"旁边的人马上都说："对，为白花花的银子干杯！""我日我自己亲娘还不行！"刘继文站起来，笑着说，"我哪有那么多银子，我屁股下边都是些贷款！""罚酒罚酒！"旁边的人说："还鸡巴下呢！我们又不花你那白花花的银子！"

王镇长办喜是连办了两天，头一天请的是一般客人，这天请客是要收礼，第二天请不一般的客人，大多是上级领导，照例不收礼，是白吃白喝加上白抽，而且席面比头天的还好，烟酒也自然是什么马配什么鞍子。第二天的客人不怎么闹，大小都有那么点儿身份，中午那拨儿两点多结束，晚上那拨儿八点半多就早早散了。办喜最后还有一个大节目，那就是总管要把收支账归拢好了向东家做个交代，还有那些剩下的烟酒饮料和喜糖该退的退，该收起来的收起来。给王镇长当总管的是王镇长的大兄哥昝来河，拢账的时候昝来河忽然"呀"了一声。王镇长马上放下茶杯，说："什么事?"昝来河拍拍手里的大红礼单说："刘继文这家伙!"王镇长说："什么意思? 这家伙怎么啦?"昝来河说："昨天就听说他上了这个数，我还以为是开玩笑。""什么数儿?"王镇长说。"想不到这家伙真还上了两万!"昝来河说。镇长两眼一亮，这真有点儿出乎他的意料，"这家伙上了两万?""可不两万!"昝来河说。王镇长迟疑了一下，说："不过以他那身份——"王镇长只说了这么半句话，下半句话却没说出来。麦店这地方，吃喜酒拿礼钱差不多都是二百，五百六百的当然也有，是亲戚，全家都来，老小一齐上阵大干，也不吃亏，有时候还会再住上一夜，第二天再吃两顿，早饭和中午那顿，然后才走人。王镇长心里有些打鼓，刘继文既上这么大的礼，按规矩就应该送在暗处，在办事前送，办喜的时候送，明吹明打地记在礼单上，动静是不是太大？王镇长对大兄哥昝来河说："这家伙真是有点儿不懂规矩！"昝来河和妹夫的看法却不太一样，多给总比少给好，昝来河看着当妹夫的王镇长，"他是不是想求你办什么事？"王镇长说："他又不归我管，谁让人家是民营煤窑。"此时客人已经散尽，亲戚们该歇的也都去歇了，只剩下王镇长的老姑还在那里坐着"哗啦哗啦"剥花生，王镇长的老姑上岁数了，从包头来一趟不容易，要多住几天，看看戏，还想顺便要到老坟上去烧烧纸，既没外人，王镇长便又说："就是提拔干部也与他没关系，你给他个乡长他会干？给他个区长我看他也不会干！我要是屁股下坐着座金山我还会看上镇长这位子！现在什么都变了，这个要比我那个红戳子强多了。"王镇长用大拇指搓搓食指和中指。"要说两万其实也不多，他一天少说不从煤窑干挣几十万。"昝来河说。王镇长没再说话，不知在想什么。昝来河突然想起那张请帖来，说看我差点把这事给忘了，刘

49

继文来上礼的时候还送来一张请帖，他儿子十八号。

王镇长把刘继文的请帖看了又看："这家伙真是不懂规矩，我什么时候头天坐过席！"

十七号这天天黑以后又下开了雨，雨下得不紧不慢，不像是一下子就能停，四边的天上都阴得很严实。徐文兰去院子门口厨子那里看了一下，她担心明天办喜的事，要是明天雨再下大了怎么办？到时候客人来不了怎么办？请十桌，到时候只来七八桌，那可是糟心的事！厨子办喜都带着帆布帐篷，雨再大都不会有问题，成问题的是明天的客人，还有就是不知道戏班那边会不会带遮雨的篷布。刘继文在屋里一边摸牌一边说："你就放心吧，唱戏的事，有国庆在，错不了，下雨又不是下刀子，要真下大了，院子里的那几张席就让人多拉些篷布搭一下。"刘继文要徐文兰抓紧时间去歇歇，说："明天就都看你的了，里外都要靠你，我帮不上什么忙，你那边亲戚你招呼好，你小心你姐夫，小心他别又闹事，他现在动不动就跟人生气，我这边的亲戚什么都好说。"刘继文又说到狗，说千万别让狗跑出来，小心把谁咬上一口，花钱是小事，把亲戚咬了更麻烦！刘继文和徐文兰的亲戚们早一天就都来了，都给刘继文安排到了镇宾馆去住，家里倒显得有些冷清，为了热闹，刘继文叫了几个朋友凑了两桌，从上午打到中午，又从中午打到晚上，再从晚上一直打到后半夜，洗牌或谁摸了和牌都会发出很大的响声。戏班夏国庆是刘继文的老熟人，煤窑上年年唱戏都是请他来。夏国庆下午就来了，说是要帮忙，其实是陪上喝酒打麻将，夏国庆说自己输不起，但自己唱得起，他每输一把就唱一段，夏国庆是唱青衣的，在这一带十分有名，他老婆比他小十多岁，当年就是迷上了他，他去什么地方唱戏，他女人就跟他到什么地方，到最后还是跟了他。夏国庆对刘继文说，"刘矿你办事和别人可不能一样！"说自己已经吩咐乐队一大早就过来，从早上迎亲的人一起身就吹，一直吹到中午礼毕，中午自己就不坐席了，先唱头一场，唱完了再吃，也不抹头，到了晚上再加一出《走山》，要是明天下雨也不成问题，把天幕装上，就是费点儿电多点几个大灯泡子。刘继文说："电还不是煤发出来的？你再费还能费出一车皮煤？点几个大灯泡子算什么？要多少灯泡子你只管点!"办喜的头一天晚上,麦店这边的规矩是要让长辈中出一个人去压床,这个长辈最好是岁数最大而又最全和的人才行,全和就是儿子闺女老伴儿都有,数来数去,刘继文的大爷最有资格,压床的人定了,亲戚们又要看看被褥,打开叠起一一看过,又顺着被子边摸了一回,里边都是些花生核桃,看过新被褥,再纷纷看一回电器家具,时间已经过了半夜,一过半夜,按规矩还要烙翻身饼,便又烙了一回翻身饼。办喜的头天晚上也就这样,乱,但又乱不出个什么内容,到后来客人就都纷纷去睡了,不觉一夜过去,天亮之后亲戚们又从镇宾馆那边过来,吃早饭,喝茶,然后是包子孙饺子,真正的热闹这才开始。快到中午的时候,总管又分配了放鞭炮的人,几个青皮后生,都是刘继文儿子的同学和战友,又爱闹,又不怕炮仗,因为下雨,门口的树上不能挂鞭炮,几个负责放鞭炮的年轻人合计了一下,只好到时候临时出击,新娘子一来就点炮,这也只是办喜的前奏。正经客人是快中午的时候才陆续往过走。因为下着雨,打伞的打伞,穿雨衣的穿雨衣,每来一拨儿客人就乱一阵。徐文兰看看天色,还没有停的意思。但院子里，大帆布篷子已经搭了起来，又拉了两趟电灯，明晃晃的凭空多添出几分节日的气氛。客人们来得差不多了，你挤我我挤你，气氛是越来越热闹。出门吃喜酒，谁跟谁坐一桌好像都事先约定好了，一个单位跟一个单位的，朋友跟朋友同学跟同学的。刘继文办喜，自然要把镇政府大大小小都请到，离开席还有一阵，刘继文便又让人发一回扑克，让人们打扑克消磨时间。麦店这一带时兴打十庄，也就是三十副牌十个人连打，这边正乱着，忽然有人在院子外高喊了一声："啊呀，王镇长来了!"

院里屋里的人们都静了一下，只听外边又喊一声："王镇长来了!"

刘继文忙张伞往出迎，抢几步把伞给王镇长撑好，连说："谢谢! 谢谢!"

"谢我什么?"王镇长说。

刘继文便马上在心里说"对啊，谢什么? 谢钱吧! 钱是好东西!"

徐文兰也马上过来，说："谢谢! 谢谢!"

"谢我什么?"王镇长又说。

徐文兰倒不知该怎么说："看这大下雨的。"

王镇长笑着说:"刘矿长办事,下刀子我也不敢不来!"

刘继文脸上几乎要放出光来,"王镇长你来了就什么都有了!"

"有没有原子弹?"王镇长笑着说。

刘继文笑了一下,却在心里说:"钱就是个原子弹!"

打扑克的那一桌已经把扑克摊了,都挤过来和镇长说话,大家都在一个镇政府工作,天天在一块儿,但忽然不知怎么就有了新鲜感,这新鲜感就是王镇长怎么居然会头天就出来坐席!在这个镇子里,上级头天出下级的门,这是从来都没有过的事!"刘继文你真是好大一张脸!"人大主任郝美兵对刘继文说:"除了你,谁头天能把王镇长给请出来!又下这么大的雨!"刘继文"嘻嘻嘻嘻、嘻嘻嘻嘻"笑,说:"我一个煤黑子,洗一把脸就半盆黑水,我要脸再大了还不洗一桶黑水?"王镇长坐下,笑着说,"恐怕一洗就洗出一脸盆碎银子吧!"旁边的人已经把火和烟纷纷递过来,王镇长点了烟,笑着对刘继文说:"先别说你那脸能洗下什么,屁股能洗下什么,先说唱戏吧,就怕下雨戏是唱不成了?"刘继文说:"我早让人在戏台下搭了篷,戏照唱,老姑呢?""她看她的戏，你招呼你的人。"王镇长对刘继文说："下雨天就怕客人到不齐，你没安顿一下厨子那边要灵活些?""别人来不来都不要紧，镇长你来了就什么都有了!"这回是刘继文的心里话。"话别这么说，我今天来是客人，又不给你当镇长!待会儿我找个旮旯悄悄喝杯酒就行。"王镇长说。刘继文马上咧开大嘴笑着说："早就安排好了，正座儿除了镇长坐谁也没资格坐!"刘继文说的正座儿就是正对大门的那桌，正座儿两边又摆两排四桌，这四桌几乎要摆到屋子外，屋外院里紧挨着又是两排六桌。刘继文又回身对其他客人们说："镇长都来了，待会儿大家都要喝个高潮出来!"人大主任郝美兵说："再高潮就晕了，王镇长来了就是最大的高潮!还能有什么高潮比这个再高的!"王镇长说："你可别瞎说，再怎么你还能压过人家新郎新娘?人家那高潮才是真高潮!"

徐文兰悄悄把刘继文拉到了楼上，说："怎么还真请来了?他那桌儿还用不用加菜?用不用换酒?"刘继文说："天底下没那规矩，这是办喜，又不是吃馆子，今天每桌儿的酒菜必须都一样!"徐文兰说："真还有你的，他从来都没在头一天给谁坐过席。""世上就没有见钱不眼开的人！"刘继文小声对徐文兰说："不是真有我的，而是真有钱的！""给钱啦？哪个数儿？"徐文兰说。"这个。"刘继文对着徐文兰伸了一下巴掌，徐文兰张了一下嘴，不再问，她知道，刘继文的巴掌代表什么？不是五千，更不是五百，而是五万！两口子说完话，再从楼上下来，再见到王镇长，徐文兰心里就不那么紧张了，也像是一下子变坦荡了，是特别的放松，放松之外还多少有些不是滋味，不是滋味之外还有些鄙视，心想，请夏国庆唱一天才多少？从中午直唱到晚上才一万，你一下就五万，你坐在那儿又不唱！但这念头也只是一闪就过去，镇长的出现确实让人们都觉得刘继文这喜办得不同凡响。王镇长已经落座儿，他一落座儿，他身边的座儿马上就给人坐满了。厨子那边刘继文已经安顿好，上菜的时候，从院子大门进来，先要给王镇长这桌儿端，然后，再一一挨着来。时候不早了，新娘新郎那边也已经典完了礼，就等着外边的戏开锣，这时，雨下得更大了，雨点子打在临时搭的篷子上"哗哗哗哗"响成一片，倒显得更加喜庆。

下着雨，夏国庆还是从戏台那边赶过来给王镇长敬了酒，夏国庆说待会儿一唱开就没机会敬酒了，给镇长敬酒的机会可不能错过！夏国庆脸上化着妆，勒着头，带着一动一颤的头面。后边有人给他打着伞还端着他随时要喝那么一口的小茶壶，夏国庆把身上的彩服在腰上轻轻挽了一下，把水袖往上推推，他要一对三，他喝三杯，王镇长喝一杯。喝完酒，夏国庆解释了一下，说自己那三杯，一杯，是代表刘矿，一杯，是代表徐文兰，还有一杯，是代表自己。晚上要是镇长还在，他就要加演《醉花楼》，这是他的拿手戏，有些粉，但戏里的打情骂俏会让每个人的神经都发紧。

"他妈的，还是刘矿有面子！"旁边的人说。

王镇长说："好啊，那我就不走，我就留下看你的《醉花楼》。"

夏国庆又和桌上的人共喝一杯，然后又回去，后边的人打着伞，端着小壶紧跟着，雨在伞上溅起一片白雾。虽然下雨，看戏的人还是很多，坐在篷子下又淋不上雨。有人一边看戏一边还捧着个碗，是一路从家里吃到这里，一边看一边吃，生怕误了看夏国庆扮的娇娘。

雨下得挺紧，王镇长只喝了一杯酒吃了两口菜就站了起来，说还有别的事要早走一步，下午区上临时还有个会。这是谁也没想到的事情，王镇长站起来，又端着酒挨着到每个桌看了一下，和每桌的人都意思了一下，王镇长的意思一下也就是拿酒杯在嘴边和每个人碰碰，这也够了，谁让人家是镇长。王镇长既然有事要早走，所以最终也没留下看夏国庆的《醉花楼》，既然王镇长没在，这天晚上夏国庆也没唱他的《醉花楼》，这是一出做功唱功都很重的戏。因为下雨，来喝刘继文喜酒的人们就特别地恋酒，或者是他们想等雨停了再走，所以酒是上了一瓶又一瓶，是川流不息。五月的雨，下到后来就渐渐冷了下来，这就更让人想喝。王镇长走的时候，人们都要站起来送，王镇长对那些人说："都别送，谁送我就不高兴谁！你们都别动，就让刘矿送送我，我跟刘矿还有句话说。"

　　刘继文把王镇长送出院子，外边的雨是越下越大，在伞下，王镇长忽然把什么东西一下子塞到了刘继文的手里，刘继文一看那个包得方方正正的纸包身子就一紧，脸也跟着一下子紧了，心也一下子跟着紧了起来，刘继文要推，要把那纸包重新再推回到王镇长的手里，王镇长小声说："你快收好了，让别人看到就不好了，到时候是笑话你还是笑话我？"

"这是端午节我的……"刘继文的嘴突然变得很笨。

"收好了，让别人看到是笑话你还是笑话我？"王镇长又说。

"是我的一点儿小意思。"刘继文又说。

"收好了，别让别人笑话。"王镇长说。

"这……"刘继文说。

"快收好了！"王镇长说。

雨没有一点点要停下来的意思，西边的云气是越来越重，因为下雨，空气就显得特别发闷，这场雨下过，地里的麦子可能又会猛地长一大截儿，所以人们都说，这个五月可真不赖！刘继文站在那里，头也有些闷，这时候，清亮的倒是戏台那边的锣鼓，一阵比一阵欢快，一阵比一阵响得紧……

三　坊

　　怎么说呢，三坊以前离县城还算远，有二十多里地，过年的时候，县城里的货栈都要套上车去三坊，去三坊做什么？拉油，拉干粉，拉红糖。人们都知道三坊这名字就是从油坊、粉坊和糖坊来的。虽说三坊离县城二十多里，但比起别的地方，三坊离县城就要近得多，所以三坊的生意当年相当的火，套车从县城出发过一座大石桥到把货拉回来用不了一天时间，人和车都不用在外边过夜，这就省了许多时间和燃嚼。到了后来，三坊的名气越来越大，比如，三坊的麻糖，人们看朋友走亲戚都要称那么二三斤，草纸一包，包上再压一张梅红纸，也真是好看，那好看是民间的好看。当年我在那里插队，回家没什么可拿，差不多每次都要带些三坊的麻糖回去给亲戚朋友。过小年，送灶神也要吃三坊的糖瓜，糖瓜的样子其实更像是大个儿的象棋棋子！这地方过端午节，吃粽子也离不开三坊的糖稀，这地方管饴糖叫糖稀，也许是叫糖饴，但发音却是"糖稀"。三坊的麻糖和饴糖好，好在是用甜菜头熬，这地方的甜菜好像也长得要比别的地方好，个儿特别大，甜菜的叶子黑绿黑绿的，可以用来做最好的干菜，所以有车去三坊拉货，往往还会带些干菜回来，这地方，吃素馅儿离不开这样的干菜叶子。三坊在全盛的时候据说一共有十八家糖坊，到我插队的时候还有两家，种甜菜的地有几百亩，甜菜的叶子很大很亮，是泼泼洒洒，特别的泼泼洒洒，泼泼洒洒其实就是旺。三坊煮甜菜熬糖的那股子味道离老远老远都能让人闻到，是甜丝丝的，好像是，日子因此也就远离了清苦，好像是，三坊那时候的日子过得就特别的兴头。你站在那里看糖坊的师傅们拉麻糖，浑身在使劲，胳膊、腰、大腿，都在同时使劲，是热气腾腾，是手脚不停，亦是一种好看的旺气！民间的那种实实在在的旺气。拉麻糖是需要力气的，上岁数的人做不了这活儿，做这活儿的大多是年轻人和中年人，既要有

61

经验还要有力气，而且还要手脚干净！拉麻糖的木桩子上有个杈，一大团又热又软的糖团给拉麻糖的人一下子搭上去，手脚就不能再停下来，刚开始那糖团的颜色还是暗红一片，一拉两拉反复不断地拉，那糖团的颜色就慢慢慢慢变浅了，变灰了，变白了！变得像是要放出光来了！拉麻糖有点像是在那里拉面，拉细了，拉长了，快拉断了，再一下子用双手搭上去，再继续往细了往长了拉，到快要拉断的时候再搭上去然后再拉。麻糖拉的次数越多越出货，用他们的话说就是要把气拉进去。因为那糖团是热的，所以更需要拉麻糖的人手脚不停。糖五告诉我，看麻糖拉得好不好，从颜色都能看得出来，掰一块儿，看看麻糖的断口，像杭州丝绸一样又亮又细，这样的麻糖搁嘴里一咬就碎，三坊的麻糖就是这样，三坊的麻糖一掉地就碎，这样的麻糖能不好吃吗？糖五是谁，糖五是三坊拉麻糖的好手，他拉出来的一斤麻糖可以切八十九个角，别人呢，一斤也就切那么七十多个角，角跟角却是一般大。麻糖这东西好像正经的糖果厂都不见生产，生产它的只有像三坊这样的村子，是农民的手艺，而且麻糖这东西是季节性的，很少见人们一年四季在那里做，不像是油坊和粉坊，四季不停。但这种甜菜是要从春天做起，让它们的球茎从拇指大小长到鸡蛋大小，再从鸡蛋大小直长到箩头那么大。种甜菜要不停地打叶子，把叶子一层一层地打掉，为的是让它们的球茎往大了长，再往大了长，越大越好。叶子打下来又会一把儿一把儿地晾在那里，要是不晾呢，可以用水焯一焯，切碎了拌蒜泥吃，味道是十分独特，怎么个独特？又让人说不来。那年，我在菜市场看到有人在卖甜菜的叶子，我一下子就想到了三坊。

我问："是三坊的吗？"

"什么？"这人说。

"三坊还有糖坊吗？"

"什么？"这人又说。

"三坊还做糖吗？"我又问。

"这不是吗？"这人又说。

这人好像是在和谁怄气，我想和他说我在三坊待过，但我只买了两大把甜菜叶子，我想应该回家把这两大把甜菜叶子晒晒，也许过年就用它来吃一回素菜馅儿饺子。

三坊现在早就不存在了，县城在不断扩大，不是三坊自己情愿走过来，而是县城把三坊一下子拉到了自己身边，那十多里地的距离一下子没了，当然那些拉货的老车也没了，那些老人也没了。三坊现在叫三坊区，是个新区，人们在三坊的土地上种下了大量的水泥和钢筋，让高高低低的建筑在上边夜以继日地长出来。不管你喜欢不喜欢它们，它们总是在破土而出吓你一跳！这些个高高低低的建筑不停地长出来，长出来！长啊长啊，直长得遮天蔽日。现在去三坊不用套车，十五路公共汽车就可以通三坊区，那个站牌上最后一站就是"三坊"。我每看到这个站牌，心里就想，那里不知道现在还有没有甜菜地，还有没有糖坊，住在这个城市的人好像都很懒，没事不会到处乱走，我和别人也一样，没什么事，去三坊干什么？

　　我们去开一个会，会议主办方把这次会议叫作"民俗之旅"，这样的会议大家一般都会喜欢，可以弄到一些土特产，开这种会，主办方总是要给人们发些纪念品，这纪念品往往就是土产。说是去开会，其实不过就是玩儿几天，民俗的东西过去都叫"玩意儿"，所以我很期待着这次去能看到一些玩意儿。三天的会议，想不到都安排在三坊。一路上我已经很兴奋了，我对一块儿去的人说我在那地方插过三年队，那地方的甜菜长得就像是一片海洋。我又对他们说到粉条子，说三坊那地方的粉条子才是粉条子，比如做猪肉炖粉条子，要在别处，还没等粉条子炖进味儿粉条子就没了，什么都没了，是泥牛入海！但三坊的粉条子是雪白雪白的，下锅和猪肉一起炖，雪白的粉条子炖成通红通红，那味道就全进到粉条子里边了，而这时候的粉条子还能用筷子挑得起。只有三坊的粉条子才能这么经炖。我们在车上说，在车上笑，车不知道走了有多长时间，最后猛地停了下来，司机说到了。我说怎么会到了，田野呢？还有村子？司机就笑了，说这就是三坊。我说别开玩笑了，起码还得有一点点田野吧？我在三坊苦了三年还会不知道什么地方是三坊？及至下了车，我才愣在了那里，东边，那个石头砌的高灌桥让我清醒过来，明白这里可真是三坊！这天晚上，是新区区主任请我们吃饭，这个主任可真能喝酒，一上来先是说不能喝，说是有糖尿病，到后来他自己疯起来，一杯一杯地向别人一浪更比一浪高地进攻。这么一来我也喝多了，回去的时候不知道怎么就睡着了，中间有小姐打过电话来，我对电话里的小姐说不行，我要睡觉，她又打，我又说不行，过一会儿又打过来，这一次我对电话里的小姐说我刚刚做完那事，没那个劲儿了，电话这才不再打。天快亮的时候我又给布谷叫醒，那布谷鸟像是在很远的地方叫，又好像是在很近的地方。我知道，我是还没有彻底醒过来，我让自己彻底醒过来的办法是，我把窗子全部打开，让早晨的凉气从外边一下子进来，外边弥漫着雾气，远处的树成了两截儿，中间给雾遮去了，昨天晚上像是下过了雨，到处湿漉漉的。要是不看地上的那一堆给扫起来的落叶，光听那布谷叫，我还以为是春天又重新来了一次，其实这时候已经是秋天了，我站在窗口往下看的时候就看到了那个老头，昨天我已经看到过这个老头，提了暖瓶到处去给人们送。这会儿他正在扫院。

我站在院子里了，院子里的空气真好，我从招待所后边往南转了一圈儿，又从北边往南边再转一圈儿，我

66

转的时候那只布谷鸟还在叫。我站在树下，那只布谷鸟的叫声又去了别处。后来我就站在了那老头的旁边，我问他这地方现在还有没有种甜菜的地方，他就用扫帚把子蹾蹾地，我不知道他是什么意思，老头说这地方原来就是一大片甜菜地。我说不可能吧，我在这地方待过三年，这地方是甜菜地？老头打量起我来，说你在三坊待过？我说待过三年。老头说你说的是以前的事，现在三坊什么都没有了。我问他是不是三坊的人，那老头说他当然是三坊的人。我问他认识不认识糖五，老头的脸一下子亮了，说："你看我是谁?"他这么一说我就马上意识到他就是糖五，我说："不可能吧？你是糖五？你不会这么老。"老头儿说："谁说我是糖五，我给你讲讲糖五的事吧。"

糖五不怎么爱说话。人们跟糖五说话，说好几句他也许才会回答一句，所以人们就叫他糖五。糖五其实没当过什么厨子，只不过后来他比别人胖一些，谁都知道胖一般都是吃出来的，糖五就特别能吃，一见到吃的他就会把别的事暂时全部忘掉，他的个头也好像要比别人

67

大得多，又宽又高，好像是，他那样子就顶适合站在那里拉麻糖。实际上，工地上的人们都知道是老邵叫他去的，老邵和糖五女人是一个村的，要是没这层关系，人人都明白老邵不会去叫他做厨子，做厨子不赖，一个月说好了五百块钱，但这每月的五百块钱要到年底才能发给糖五。工地食堂的饭比较好做，一是没肉，二是没其他什么菜，就是个白菜，还有山药，还有豆腐和粉条子，豆腐和粉条子不是天天都可以吃到，一个星期也只能吃到一两次，所以说等于是改善生活。工地的饭菜一般，但糖五的工作却不见轻闲，早上是早上的饭，稀饭馒头大咸菜，中午是中午的饭，烩菜和馒头，中午一般没有稀饭，到了晚上还是烩菜和馒头，也许还会有一盘子大咸菜。因为饭菜总是没什么变化，糖五的工作也就相当单调，不但他自己觉得单调，就是别人看了也单调。他几乎是天天在那里切菜，一块菜板子，一个大盆子，大白菜放在菜板子上"嚓嚓嚓嚓"一切就是一盆子，然后是山药蛋，皮都不削，也一切就是一盆子。和面是那么个大铝盆子，昨晚起好的，面都鼓了起来，气鼓鼓的顶起老高，好像在那里跟谁生气。看糖五和面很

68

好玩，因为用下力气去，撒在面团上的面粉有时候会一下子扑糖五满脸。糖五每天的工作就是烩菜蒸馒头，蒸馒头烩菜，吃米饭的时候很少，主要是麻烦，乡下习惯是吃捞饭，先煮，再捞，再蒸，这么一来干的稀的两样就都有了。工地很少吃米饭，几乎是，不吃，就像工地上从不吃肉一样。工地上从来都不吃肉。糖五都见不到肉。偏偏糖五又最爱吃肉，如果见到肉，他就总是管不住自己的口水，口水是滔滔而来，他还爱喝那么几口。只有在喝酒的时候糖五才会话变得多一点，眼睛也会活泛起来，人才像是个年轻人，要是没酒，糖五就像是一下子老了许多。酒啊肉啊是糖五最喜欢的东西，不过呢，这两种东西谁又不喜欢？在这个世界上，可能没人太讨厌酒和肉。更多的时候是人们想吃它却偏偏就是吃不到也喝不到。老邵对工地上的人说这他妈就不赖了，天天有白面馒头吃，天天菜里还有数也数不清的猪油花儿，动不动还会改善一下子，老邵说的改善就是过不几天吃那么一回豆腐和粉条子，有人说："这叫改善吗？""这不叫改善又叫什么？这就是改善。"老邵说，"我操你们的妈！不比你们以前种甜菜好？不比你们以前天天站在那儿拉麻糖好?"

糖五的话不多,那么大的块头,那么胖的腰,那么圆的膀子,却整天闷头闷脑的,最近更是闷头闷脑,别人不知道糖五为什么闷头闷脑,可糖五自己知道自己为什么闷头闷脑。糖五的闷头闷脑全是因为那个老邵。那个老邵总是去他家总是去他家,好几次了,糖五突然在锅里蒸着馒头的空儿就想起了回家,工地就在他们村子东,回家也就是五六分钟的事,好几次了,他总是碰见老邵在自己家。老邵在自己家做什么呢?好像是也不做什么,但只要是老邵一在,糖五家的院门就会给从里边闩起来,敲一会儿,门当然是能敲开的。

门敲开了,老邵在炕上端端靠墙坐着,笑着。

"锅里没事吧?"老邵笑着对糖五说。

"锅里没事吧?"糖五的媳妇也马上会跟着说一句。

"锅里能有什么事!"糖五气鼓鼓地说。

糖五住了两间房,房子是他租的,糖五办事的时候老邵还来送亲,说是舅舅,后来又说是表哥,这让糖五多少有那么点儿犯糊涂,他问自己媳妇到底是舅还是哥,自己媳妇这么那么一说他就更糊涂,他媳妇说从她

70

妈这边排辈分儿是怎么回事，从她爸那边排辈分儿又是怎么回事，这么个排，那么个排，最终糖五还是给排糊涂了，发傻了。糖五现在不问了，糖五现在好像是知道怎么回事了，但又好像不知道。关于这一点，村子里的人们好像比他明确，都知道工地老邵有时候可以是糖五媳妇的舅舅，有时候可以是他媳妇的表哥，看情况定。

"老邵干啥来了？"糖五问自己媳妇。

"他来拔个火罐。"糖五媳妇说老邵来拔火罐。

糖五说："他为啥来咱家拔？为啥？"

"你看你这个人。"糖五的媳妇说，"工地上怎么拔？光个大膀子？"

糖五十分不高兴，说："在家就不怕光个大膀子？怎么还把大门关上？"

糖五的媳妇就更不高兴了，说："他拔火罐不得脱衣服，进来个人怎么办？"

"往哪儿拔？"糖五说。

"X上，往X上！"糖五的媳妇什么话都敢说，她这么一说，糖五就不敢再说什么了，看看糖五那个样儿，糖五的媳妇倒笑得弯了腰。糖五的媳妇不但嘴上能说，还有主意，弄得糖五总是生闷气。

有时候糖五气急了，会吼吼地来这么一句："刀呢——！"

邻居们都听到了，糖五在家里大声吼："刀呢——！"

糖五的声音更高了："刀呢——！"

糖五的媳妇看着糖五，捂了一下嘴，忽然笑了，说："还刀呢？你见过个刀没？"

"刀——！"糖五的嗓子里又蹦出一个字。

"我看你就没见过个刀。"糖五媳妇说。

"总有一天刀那个刀！"糖五说。

"那不是，刀在灶上呢，去！"糖五媳妇说。

糖五媳妇一说"去"，糖五就不敢再说什么了。

糖五说："去给我炒个菜，我要喝酒！"

"都快半夜了。"糖五的媳妇说，"要喝你自己炒去！"

"半夜怎么了！"糖五说。

"你爱怎么就怎么，我睡觉了。"糖五女人上了床，铺了被子，脱了衣服。

怎么说呢，糖五只好也跟上上床脱衣服，糖五睡了一会儿，睡不着，越想越气，觉得自己不能说话不算这个话！他又穿起了衣服，又下了地，重新生了火，故意弄出很大的动静，糖五给自己炒了个菜，铲子把锅弄得"哗啦哗啦"响，这已经是半夜，糖五炒菜的声音传得很远，糖五是故意，这么晚炒菜，也就是个炒山药片儿，酱油放多了，黑乎乎的，然后自己跟自己喝起酒来。他觉得这关系到他这个男子汉的尊严。

"妈的，刀！"喝着喝着，糖五忽然又憋闷出这么一句。

"刀——"喝着喝着，糖五又大声说。

他女人说："刀就在灶台上！"

有几次，都是白天，院门插着，糖五敲门，自己女人不在，开门的倒是老邵。糖五脸红红的，问："我媳妇呢？"老邵说："我睡着了，谁知道你媳妇在什么地方？刚才还在呢？你怎么又回来，食堂里有没有人？如果让谁抓把耗子药放锅里，我看你怎么办？"老邵这么一说糖五就怕了，生气归生气，他又飞似的往回赶。其实他心里有数，馒头蒸多长时间干不了锅，稀粥煮多长时间就可以歇火儿。糖五现在真是有心病了，揉馒头的时候气鼓鼓的，一边揉一边想心事，总觉得自己要干一件事，而且一定会成功，但他又怕自己成功。馒头揉好上了笼，人就马上往村子里走，手上、额头上都是白面。村里人说："还是糖五好，有忙有闲的，头顶上白面就出来了，就不怕笼里的馒头长腿跑了？"糖五说："馒头还会长腿！你让它给我长条腿！"村里有人说："这是这几年了，那几年馒头个个都有数不清的腿，你看不住它，它就跑了，保准一个也不会剩！""谁想吃谁吃去，反正馒头就是让人吃的！"糖五气鼓鼓地说。村里人说："看你急忙忙的，你回家干什么？你是不是想干一下你媳妇的Ｘ，时间也不够啊？脱衣服也得脱一阵？干完了，穿衣服又得一阵，到时候你那边的锅也要干了。"人们跟糖五嘻嘻哈哈。人们虽然嘻嘻哈哈，但糖五觉着自己不能再这么嘻嘻哈哈下去，他觉得自己应该把老邵抓住。一定要瞅准了老邵和自己媳妇在一起的时候把老邵抓住。糖五想好了，再回去的时候就不敲门，从墙头上悄悄跳进去，然后再想办法一下子进到屋里把老邵和自己媳妇抓个正着，抓住又能怎样呢？糖五又没主意了。

"刀——！"有时候在那里躺着，糖五会猛不丁地憋闷出这么一句。

“一口一个刀，你到底想干啥?”糖五女人说。

“啥也没有拉麻糖好!”糖五长叹了口气，说，“我就是想拉麻糖!”他坐起来，说：“你远近问问，说起麻糖就没人不知道三坊我糖五。”

我对老头儿说，“你说说糖五现在的事。”其实我说这话的时候已经有些不耐烦听他再往下说了，再往下说也没什么新鲜事，不过是糖五也许杀了人，杀了那个有时是他媳妇舅舅有时是他媳妇表哥的老邵，或者，也许糖五会把自己媳妇给杀了，但这种事一般不会发生。我说，“糖五现在做什么呢?”那老头说，“你们开会，还能不出去参观? 糖五现在拉麻糖呢。”我说：“在什么地方?”老头说，“那边，就在这条街上。”老头又往那边指指，说：“就这条路，走到头往右边拐一点就是，他天天在那地方拉麻糖。”我说：“三坊的麻糖最好。”老头的眼睛就一下子亮了起来，说：“那是! 你还忘了说两样，还有粉条呢，还有红糖呢。”不过老头马上又说，“现在可差得太多了，要在以前，拉货的车一停一大片。”我说：“这我知道，我经见过，我在这地方插了三

75

年队！"这时候那只鸟又在叫了，我说："树上这只鸟叫了我一夜。"老头往树上望了一下，说："布谷吧？现在布谷鸟都是乱叫，以前是春天叫，现在秋天冬天都叫，也不知是怎么了。"我仰起脸想看看那只布谷，我转着树找它，听它飞起，又落下，落下，又飞起。直到吃早饭的时候到了我也没看到它。

三坊的早餐说不上好，但有特点，居然有酸饭。服务员一端上来我就坐不住了，一盆蒸好的小米子饭，一盆小米酸汤，还有一盘老咸菜丝。我吃得很香，别人看了也学着吃，把小米饭先盛在碗里，然后再浇酸汤，然后再放些老咸菜在里边，马上就有人说这有什么好吃，简直是难吃！太酸太酸！连着喊服务员拿糖。我说放糖还算是什么酸饭，酸饭就要吃那个酸劲儿。我对他们说到了三坊要吃糖就吃三坊的麻糖，走遍天下，三坊的麻糖最好。我对他们说怎么拉麻糖，这么拉，再这么拉，要把空气都拉进去。他们说空气这东西怎么能拉进去，我说看麻糖的颜色，颜色越白，里边拉进去的空气就是越多。"那还不吃一肚子空气？"他们说。我说："参观的时候买一些回去吃吃你们就知道了。"我告诉他们当年我每次回家都要带好多三坊的麻糖，这一回来了也要多买一些回去送当年的朋友，尤其是当年一块儿在三坊插队的那些插友。我忽然想起刘心平来了，在三坊插队的插友他最惨，已经半瘫了。我想好了，一定给刘心平带些三坊的麻糖。

参观三坊是下午的事，但我突然没了一点点兴趣再去买糖五的麻糖，我看见他了，人更胖了，赤着两个大膀子，正在那里出力地拉麻糖给参观的人看。他那个麻糖铺子像是有两三间房大，拉麻糖的桩子就立在门前，旁边还有案子，案子上堆了一堆切好的麻糖，有人正在那里装包。我没过去，因为我一眼就看到了那个招牌，招牌上写着："邵记老三坊麻糖"，我心里忽然很不是味儿，我知道这个姓邵的是谁，这不难想象，但我就是不知道糖五现在应该叫他舅还是叫他表哥。

我到路边去看树，看看树上有没有鸟窝。

和我一起去开会的人在那边喊了一声我，要我过去吃麻糖。我听得见自己的心跳，但我没有过去。有树叶从树上打着旋儿掉了下来。

77

街　头

　　怎么说呢，直到第二天，第三天，那辆白色宝马还在那里停着，车子已经被警戒线围了起来，所有要从这条路上通过的车辆都只好暂时绕行。哑子呢，已经被带走了，人们不用问也知道哑子被带到了什么地方。

　　这一年的冬天特别暖和，往年这时候，哑子他们家北边的那条道上总是布满了坚冰，人们走在上边都得小心翼翼，可这一年的冬天真是暖和得出奇，还没出正月，人们就都把棉衣脱了。过了破五，再过了初十，到了十四这一天，从早上就开始下雨，下着下着，这雨又变成雪，再下着下着，这雪又变成雨，就这么整整下了一天。到了十五这一天，天晴了，空气显得特别的好，是清新，好像整个城市的污浊之气都已经随着这场雨雪而永远去了。十五这天是热闹的，到处都有花灯可看，晚上据说还有烟火。但这一切都是别人的高兴事，哑子的高兴是天既然晴了，他就可以把他的修车摊子摆出去。哑子现在没工作，哑子的女人也是个哑子，人很胖，很高大，要比哑子高一头，虽然头发都花白了，却还梳着两条现在很少能让人看到的辫子。哑子的女人自然也没工作，人们总是看到她坐在哑子的身边，给哑子打打下手，递递扳子或者是钳子和胶水什么的，有时候，哑子是太忙了，忙得都停不下手，忙得都顾不上吃口饭，哑子的女人就会把饭盒里的饭一小勺小一勺喂小孩样喂给哑子吃，哑子吃了这一口，咽下去了，然后再"呀呀呀呀"掉过脸把嘴张开，手里的活儿却继续做着，他这么"呀呀呀呀"一张嘴，他的哑巴女人就给他再喂一口饭，哑子的嘴就再动，再嚼，嚼了嚼，咽下去了，然后再"呀呀呀呀"，再把脸掉过去，他这么"呀呀呀呀"一掉脸，他的哑巴女人就给他再喂一口饭。这场面真是有些滑稽，但温馨，十分的温馨。让人相信在这个世界上果真还有这样真实而质朴的情爱。

在这个世界上，无论是谁，为了活下去，就得给自

79

己找份儿事做，哑子给自己找的事就是摆了那么个修车的摊子。哑子的修车摊子就摆在他家的北边，这是一条东西走向的街道，街道的南边是一个小区，里边住的都是些拆迁户，因为是拆迁户，所以这个小区就显得乱糟糟的，几乎家家户户的窗台外边都堆放着一些葱啊蒜啊什么的，或是各种准备当破烂儿卖掉的烂纸盒子，或是其他乱糟糟的东西。这条街的北边是另一个小区，这个小区叫"巴黎花园"，巴黎跟这地方有关系吗？没一点点关系！但房地产商就爱起这种鬼名字，有钱的人也喜欢住到这种鬼地方来。这个小区，门卫都是年轻人，都高大漂亮，这就让住在里边的人有了莫名其妙的优越感。小区里种着法国梧桐，都是大株大株地从别处移来，树干很粗，树冠却因为经过修理而很小，是怪里怪气。还有，就是花圃里种着白玫瑰；还有，就是每个花圃里都有大理石雕像，裸体的，外国女人，是西方神话中的人物，在那里炫耀着她们的腰肢，腰肢下边的隐秘处，被一片葡萄叶子遮着；还有，也是裸体的，外国男人，亦是西方神话中的人物，那地方，那隐秘的地方亦被一片葡萄叶子遮着。这个小区，一切都按着外国的风格设计着，骨子里却粗俗难看。这粗俗难看却又被那些整天在这里出出进进的高级小轿车夸张成一种暴发户气息。

哑子的自行车修理摊子就摆在这两个小区的中间地带，这是条不太宽的街道，这条街道当然不会是这个城市的主干道，所以，不少菜贩子在这里出现了，一个一个菜摊子从东边一直往西边排过来，所以这条街又可以说是格外的好看，是花花绿绿色彩缤纷，但味道呢，却不那么好闻。这条街从东往西，靠近"巴黎花园"小区这边有个其大无比的垃圾箱，是那种金属的，可以天天被垃圾车"轰轰隆隆"拉走的垃圾箱，这垃圾箱总是被垃圾塞得满满的，里边一旦放不下，众多垃圾就会堆在垃圾箱的外边。因为这个垃圾箱，那些卖菜的摊子就总是和这个垃圾箱保持一定距离，问题是谁也不愿到臭烘烘的垃圾箱旁捂着鼻子买菜。所以，哑子就把他的自行车修理摊子摆在了这里。哑子的修车摊子，和别人的修车摊子一样，有那么个布篷儿，可以遮遮太阳，然后就是一根旧外胎，挂在树杈上，是幌子的意思，然后呢，又是一个盆子，里边是水，补胎用的，然后是工具箱，里边是各种的修车工具，然后是气管子，被一根很长的

81

细铁链子拴在那里，供过往的行人打气用，打一次气是两毛钱。哑子为人很好，总是笑，笑的时候嘴有些瘪，瘪瘪的嘴，一笑就更瘪。哑子的头上戴着一顶蓝布棉帽子，帽子上的栽绒都倒了，帽檐儿也油污了，耷拉了下来。哑子的身上总是那么一身蓝布衣服，细看，是中山装，里边套着棉袄，鼓鼓囊囊的。哑子既住在这一带，这一带的人们就和他很熟，这么说也许不对，是他和别人很熟，总是，人们不怎么注意他，总是，他先和走过来的人们打招呼，也就是笑着"呀呀呀呀、呀呀呀呀"打手势，人们这才注意到他了，和他做简单的手势。比如，用一只手在嘴边做划拉饭的动作，哑子马上就明白了，是在问他吃了没，哑子就笑着"呀呀呀呀"地点点头，手在嘴边比画比画，人们就明白他已经吃过了。有人去哑子那里修车，车修好的时候，修车的人会用大拇指搓搓中指和食指，这就是问多少钱的意思了。哑子又笑了，不好意思的样子，他会伸出一个巴掌，五毛的意思，或者会把巴掌翻一翻，是一块钱的意思。总之，人们都明白哑子的意思。有给自行车打气的人过来了，弯下腰，"吭哧、吭哧"打完了，摸摸口袋，咦，没带零

钱，再拍拍，再把两手对着哑子往外一摊。哑子马上就
明白了，这个人是没带零钱。哑子马上就笑了，一步跨
过来，"呜呜呜呜"，把两只手摆了又摆，那意思，别人
也马上明白了，是不要了，无所谓。没事的时候，哑子
坐在那里会东张西望，好像是专门守候在那里看有没有
熟人过来，果然就有了，但人家还是没注意到他，他离
老远就看定了这人，用眼睛，笑笑地盯着人家，用眼睛
热忱地迎接着，但人家还是没有注意到他，哑巴便"呀
呀呀呀，呀呀呀呀"地对着这个人叫了起来。指指人家
的手里的菜，竖竖自己的大拇指，是在说：你的菜买的
好，好！这个人站住了，皱着眉头，擤擤鼻子，用手势
对哑子说，这里，垃圾箱，真臭，你怎么不往那边挪一
挪？哑子顺着这个人的手势往西看，马上就明白了这个
人在说什么。哑子知道这个人是在说这里靠垃圾箱太
近、太臭，你怎么不往西边挪一挪？西边？西边就是
"巴黎花园"，只不过中间隔着一家商业银行。哑子脸上
的表情在说话了，脸上的表情加上手上的动作，他告诉
这个人，那边，那边的门卫不让他往那边挪，挪一点点
都不行，嫌他的修车摊子不体面。哑子又做手势了，告

83

诉这个人，那边，"巴黎花园"的门卫还把他遮太阳的
篷子扔掉过。"呀呀呀!""呀呀呀!"哑子做手势，比
画，指着布篷，说这是前不久的事。但一个会说话的
人，能和一个哑子有多少交流呢？根本就不会有多少。
这个人指指西边，指指垃圾箱，撸撸鼻子，走开了。但
哑子的脸上还挂着温和的笑，那笑有些感谢的意思在里
边，感谢什么呢？又让人说不清，感谢和他说话？感谢
这个人注意到了他？这让人说不清。这时又有人走过来
了，哑子照例用眼睛迎接着，热忱地迎接着，是熟人，
是"巴黎花园"里的那个清洁工。这个清洁工脸总是红
红的，工作特别的辛苦，总是不停地把一车车的垃圾从
小区里拉出来再装进道边的那个大垃圾箱。有时候哑子
还会帮一下手，比如，帮这个脸总是红红的清洁工把垃
圾从小车里一下一下铲到垃圾箱里去。哑子和这个清洁
工的交流总是要比别人多一些，哑子还总是和这个清洁
工开玩笑，哑子在自己脸上比画一下，再在嘴边比画比
画，然后摇摇晃晃走几步。哑子是在说：你是不是又喝
了酒？要不，你脸怎么会这么红？这个清洁工说话的声
音特别大，他说：我哪有钱喝酒，我喝了酒还干不干活

儿？他不比画，他是大声说，但聪明的哑子已经从他的脸上明白了他在说什么。哑子一把拉住他，把自己的那个小扁酒瓶子从修车的工具盒里取了出来，哑子的动作十分急速，十分迫不及待，他拍拍这个小酒瓶，又拍拍，把这个小瓶子的盖子打开了，他要这个清洁工闻，清洁工闻到了，是酒。他也明白了，哑巴是想要他喝一口，他喝了，喝了一口，哑子的脸上的笑容就更好看了。因为这个清洁工对他竖了竖大拇指，夸他的酒好。"呀呀呀呀！呀呀呀呀！"哑子更高兴了，比画着，意思是让这个清洁工再喝一口。清洁工用很大的声音对旁边的一个熟人说："看看看，哑子让我喝酒呢！"就又喝了一口。这一下子可好，哑子脸上的笑容收都收不住了，手里拿着那个小酒瓶，看着那个清洁工，看着那个清洁工抹抹嘴走开，看着他慢慢走远。清洁工已经走远了，哑子还原地不动热忱地笑着，那笑，让人忽然有些难过，让人忽然觉着老天怎么会这么不公平，怎么能够让哑子的心里这样寂寞，他的寂寞对谁说？这时又有人走过来了，是个中年人，这个中年人把一辆老自行车打在了那里，比画着，告诉他什么地方坏了，原来是链条，这个中年人还用手势告诉哑子他要把车子先放在这里修，过一会儿再来取。哑子明白了，打手势说好的、好的，打手势说放心吧、放心吧，打手势说他一定会好好儿修。

这个中年人把车子打在了那里，然后走了，去买菜。

故事便从这辆破旧的老自行车开始了。

也就是我们在前边提到过的那辆白色宝马，从"巴黎花园"那边慢慢开了过来，开车的是一位姑娘，因为是过春节，她穿得真是漂亮，下边是条白色的皮裙子，裙子下边又是一双白色的高靿皮靴子，上边呢，是一件白色的小夹克，夹克里边却穿了一件黑色的高领毛衣。她把车从小区开出来，往东打了方向盘，车便朝了东，这简直是废话，方向盘往东打车会朝西吗？问题是，车朝东开出不远，开车的姑娘忽然又改了主意，因为她发现东边已经堵了车，她便想把车掉个头再朝西开。车是新的，开车的姑娘也是新手，她倒车倒得真是很笨，她是先朝前开，猛地朝前，然后再朝后倒，猛地往后，车一下一下倒着，她在车上感觉到了，她车的后左侧猛地碰到了什么？"哗啦"一声，她在车里能听到，好像已经把什么东西碰倒了，她的车碰到了什么？她在车上吃了一惊，她的车是把哑子摊子前边的那辆自行车碰倒了，被碰倒的自行车倒在了姑娘的车上，并且在姑娘的车身上滑落了下去。各种颜色的车子里，最数白色的车子娇气，一点点脏一点点划痕都会十分醒目。这姑娘马上从车上下来了，她的车还在路上横着，她不管这些，她先去看她的车，因为她的车刚刚买回来还没开几天，是她的心爱，是她的炫耀，是她的得意，是她的宝贝！她并不说自己是怎么开车，她也不想想是她的车，怎么说，在往后倒的时候，把那辆放在那里等着哑子来修的车子碰倒了，车子倒下来的时候在姑娘的车上留下了一条划痕。这姑娘当即大叫了起来。她简直觉着自己的车是受了凌辱，或者，简直就是受到了奸污，那样一辆破旧的老自行车，居然，怎么说，竟然挂在了自己漂亮无比的宝马上，怎么说，居然，还把自己漂亮的宝马划了那么一道。怎么说？怎么说？这样破旧的自行车，居然！居然！居然！这姑娘的脸都气红了，她踹了一下自行车。她伸出一个手指，这手指一下子指在哑子的鼻子

87

上：

"我要你赔！你个哑巴！"

"呀呀呀呀，呀呀呀呀。"哑子打着手势。

"我要你赔！你个臭哑巴！"这个姑娘又说。

"呀呀呀呀！呀呀呀呀！"哑子更急了，手势打得更快。

哑子能说什么呢，他只会打手势比画，比画打手势，他比画着，想说明是姑娘的车把这辆自行车撞倒了，既然是姑娘的车把这辆车撞倒了还怎么能埋怨自己呢？哑子把手比画着，跑过去，指指姑娘的车子，跑过来，再指指倒在地上的自行车，再跑过去，又指指西边。哑子头上的棉帽子像两只鸟翅，不停地上下扇动着。哑子的手势所能表达的意思十分明确，他是说，姑娘的车先是往东开，开到了这里要倒车，结果是，把自行车撞倒了，这能怨自己吗？

"哑哑哑哑！"哑子把两手往两边一摊，然后用自己右手的手背不停地焦急地拍打自己左手的手背。

姑娘不听这些，她看了看自己的车，用手摸了摸那条划痕，又大叫了起来。

"你个臭哑子！臭哑子！"

哑子又过去，弯下腰，想用袖子擦擦车子上的那道划痕，却被姑娘推了一下。

"滚开！别用你那脏手碰我的车——"

哑子朝后退了，这姑娘又推了哑子一下，又推了一下。

"你还想摸我的车！"

这时候已经有不少人围了上来，人们看着这个打扮入时而十分愤怒的姑娘，她的举止和她的样子，怎么说，好像是与她的身份不怎么符合，她忽然抬起了脚，用脚去踩那辆横躺在地上的自行车，她能踩自行车什么地方？她只能踩自行车车轮上的辐丝。这么一来，哑子急了，扑过来"呀呀呀呀，呀呀呀呀"要阻拦她，却又被姑娘一推，哑子就更急了，又上来要把姑娘拉开，姑娘的衣服上，怎么说，便有了手印，几个污黑的手印。这下子，姑娘不踩了，怔住了，旁边的人也都怔住了，人们都知道姑娘的这身衣服绝对不会便宜。这么漂亮的衣服上已经有了几个黑手印子，是油污的黑手印子。哑子的那个哑巴女人这时也出现了，她虽然哑，虽然不会说话，心里却什么都明白，她慌慌张张从修车的工具箱里取出了那条还算干净的毛巾想给姑娘把衣服擦擦，却被姑娘一把推开。姑娘已经进了自己的车，但她还不打算把车挪开，就让车在道上那么横着，她开始在车里用手机打电话。

哑子的女人，"呀呀呀呀"在车子外边敲玻璃，她想要姑娘把车门开开，她要给姑娘把衣服擦擦，她还把毛巾举起来向姑娘示意。哑子的女人又"呀呀呀呀"在车子这边敲敲玻璃，她想要姑娘把车门开开，她要给姑娘把衣服擦擦，直到有人把她很野蛮地一下子从车边拽开，拽开还不算，还把她猛地一推。

"你给我滚开！"

这个把哑子的女人一下子从车边推开的中年男人就住在旁边的巴黎花园，这是个衣着得体的男人，脸上的胡子很重。但人们不知道他和这个姑娘是什么关系，这个姑娘又为什么总是住在他那里。他已经在姑娘的电话里知道姑娘的车给撞了，车是他前不久给姑娘买的，如果这辆车是给比它更贵重的车子撞了还说得过去，让他生气的是这辆宝马居然是给那个修车的哑巴撞的。哑巴

90

这时过来了，他在路边，经常能见到这个胡子很重的中年男子，哑子认识这个中年男子。哑子对着这个中年男子，急切地用手指着，"呀呀呀呀、呀呀呀呀"跑到了横在那里的宝马车旁，又"呀呀呀呀、呀呀呀呀"跑过来，然后再"呀呀呀呀、呀呀呀呀"跑过去，然后再"呀呀呀呀、呀呀呀呀"跑过来。哑子又是比画又是"呀呀呀呀"，他是想把情况向这个大胡子男子说明，说明车不是他撞的，而是这个姑娘撞了人家放在这里准备修的车子。其实这用他说明吗，车子斜横在那里，谁都会明白是怎么回事。哑子对着这个中年男人，急切而焦急地用自己的右手背击打自己的左手手背。他热切地看着这个胡子很重的男人，他好像是怕这个胡子很重的男人不明白他的意思，就又再次"呀呀呀呀"地跑过去，指指车上那条划痕，又"呀呀呀呀"地跑过来，指指自己这边，再"呀呀呀呀"跑到那辆宝马旁边，再"呀呀呀呀"跑过来。哑子的脸上已经出了很多的汗。那个姑娘，却始终坐在车里，一直没下来。这个胡子很重的中年男子，可以看得出，已经很烦了，而且是火儿了。周围的人们都看着他，许多人都认识他，人们甚至都知道他的绰号就叫"胡子"，人们看着胡子，看着他忽然把哑子放在那里的气管子拿了起来，但人们不知道他要做什么，人们是想不到，想不到那气管子在胡子的手里一抡，已经重重击打在了哑子的头上，人们都吃了一惊，人们看着胡子把气管子又抡了一下，又抡了一下，哑子已经捂着头倒在了地上。

"'呀呀呀呀'你妈个X！"胡子把手里的气管子往地上一掷。

"再让你'呀呀呀呀'！"胡子把手用手绢擦了擦。

"呀呀呀呀，呀呀呀呀！"这回是哑子的女人惊叫了起来，她从旁边扑过来，蹲下，把哑子的头紧紧抱在自己的怀里，像抱着孩子，并且用整个身子护着哑子怕哑子再挨打，哑子的头流了血。哑子的女人把哑子的棉帽子摘下看了一下，又"呀呀呀呀"叫了起来。

人们围了过来，许多人下了车子也围了过来，街两边小店铺里的人也出来了，许多人都不明白这里发生了什么事，这时候，是那个清洁工，他气喘吁吁刚刚把一车垃圾拉了出来，他刚好看到了胡子用气管子在哑子头上抡了一下，又抡了一下。清洁工张大了嘴，他忍不住了，他大声说，大声对胡子说，说什么？清洁工说"你们还讲不讲理？"清洁工说"你们"，而不是说"你"。清洁工又说："你们不会睁开眼看看是谁撞了谁？"清洁工还是说"你们"而不是说"你"，这"你们"都包括了谁？人们当然明白是指胡子和那个开宝马的姑娘。清洁工又说："你们！还行凶？你们！还欺侮哑子？"清洁工把话说出来了，这么一来呢，旁边的人也就都敢说话了，都说是这辆小车不对，人们不说"这姑娘"，而是说"这辆车"。人们说明明是这辆车倒车的时候把哑子的车子撞了，怎么还能动手用气管子打哑子呢？人们这样说，这样说明明已经是向着哑子了，虽然是向着哑子，但还有规劝的意思在里边，规劝什么呢？规劝胡子，是算了的意思，人家既然是个哑子，这事又不能怨人家，而且，人家头上已经在流血了，还要做什么呢？围过来的人们忽然都不说话了。

那个姑娘，怎么说，这时从车里探出头来大声说：

"臭哑巴！我这是宝马，一百多万的宝马！"

这姑娘便是言不及义。"一百万怎么样呢？就可以这样随便打人吗？"不知谁在旁边马上小声把这话说了出来。这人把这话一说出来，便马上有人把这话大声重复了一遍。"就是，一百万又怎么样？就可以打人吗？有什么了不起，不就是一辆臭宝马！"这句话让胡子忽然火了起来，他看看四周，他看四周有什么用呢？四周没有什么可以让他发火儿的对象，他把一条腿猛地朝后甩了一下，然后重重朝前踢去，这一下是，重重踢在了哑子的肚子上。这真是让人吃惊，更让人们吃惊的是，这个大胡子把脚收回来，又再次朝前重重踢去，又踢了一脚，然后，又是一脚，胡子一边踢一边说："现在一条命不就是三万？"他这话说得可真是太难听了，他这话只算是说了一半，另一半却给那坐在车里的姑娘接着说了出来："三万块钱连宝马车的一个零件也买不到！"这话，让谁听了都觉着刺耳，有人马上说话了：

"你凭什么踢哑子！还不就是一辆臭宝马？问题是谁撞谁？"

"谁在说话？"胡子说。

"还不就是一辆臭宝马，有什么了不起。"

说话的人从人群里站了出来，是对面开面馆的小胖老板，他实在是忍不住了，小胖老板人很胖，平时见人总是笑呵呵的。这时他气愤极了，脸因为气愤而大红，这种事他实在是看不下去，人在生气的时候有时候会产生出让他自己都想象不出的勇气，他站在那里了，他对胡子说："都是个人，你怎么就可以这样又是踢又是打？你看看他的头，他头上流的又不是酱油！"他这话说得有些好笑，有人马上在一旁小声笑了起来，说头上当然不会流酱油，要是那样的话，人就是酱油厂了。

"问题胡子又不是酱油厂厂长。"又有人说。

胡子把身子转了转，看定了开面馆的小胖老板。

"我说车了吗！我说车了吗！你看看她，她，她，她的衣服！"胡子连说了几个她，他不知道该怎么说，他大声对车那边说："你下来！"他要那个姑娘下来。那个姑娘这时才从车上下来了，并且，走了过来。胡子拉了一下这个姑娘，说谁说我是说车的事我就揍谁！她的这件衣裳，光这一件就三千！怎么回事？你们说是怎么回事！胡子看了一下姑娘，他希望姑娘把话说出来，但姑娘没说，胡子只好自己把话说了出来，他说什么？他说："他一个哑子为什么在人家姑娘身上动手动脚？这是谁的手印！"胡子这么一说，围在四周的人们就都不说

95

话了。都你看看我，我看看你。

"别看他是哑子，他为什么在人家姑娘身上动手动脚？"

因为人们不说话，胡子的声音就更大了起来：

"谁再说我因为车的事我就揍谁！我根本就没说车的事！"

这时哑子又"呀呀呀呀"摇摇晃晃地站了起来，他虽然听不清胡子在说什么，但他明白了胡子是在说什么，这一回，他扑到了小胖老板的身边，他"呀呀呀呀、呀呀呀呀"用这一只手的手背焦急地拍另一手的手背，他想说明什么？他指指那姑娘的衣服，再指指自己，他"呀呀呀呀、呀呀呀呀"急得了不得，这会儿，周围的人们也都急得了不得了，谁让哑子是个哑子？虽然他们已经弄清楚了哑子的手势和哑子的表情在说什么了，但是这种事是要用语言来明明确确表述。哑子的一张脸向着小胖老板，脸上的表情可怜巴巴的，他想要小胖老板给他做主。哑子当然认识小胖老板，他们都住在南边的这个小区。小面馆那边有什么事，哑子都会跑过去，比如，有人送来了好几捆大葱，哑子会帮着笑呵呵地扛进去，比如说，面馆那边拉来了十多袋面粉，哑子也乐于帮忙，帮着一袋一袋扛进去，满脸满身都是面粉。

"你说什么？你说什么？"小胖老板也急了，也学着哑子用自己的手背拍打自己另一只手的手背。哑子用手指再指指那姑娘的衣服，又指指自己，然后再摆摆手，哑子翻来覆去地做手势，嘴里不停地"呀呀呀呀、呀呀呀呀"，周围的人和小胖老板都已经懂了。哑子是在说，姑娘身上的手印不是他有意弄上去的。这时，哑子的女人也加入了进来，也"呀呀呀呀、呀呀呀呀"。

"'呀呀呀呀'你妈个X!"胡子说。

"呀呀呀呀、呀呀呀呀!"哑子更急了。

"再'呀呀呀呀'! 你再'呀呀呀呀'!"胡子又说。

"呀呀呀呀! 呀呀呀呀!"哑子的女人也把一双手在头上比画着。

"少'呀呀呀呀'，'呀呀呀呀'你也得赔钱!"胡子也烦了，和哑子能说清吗？是说不清，他也不愿意说清，他已经打了人家哑子，再说周围的人是越围越多了，他希望把这件事赶快解决了，他不希望自己继续站在这里，他也不希望那个姑娘也继续站在这里，他和这

97

姑娘的事，人们差不多都知道，这不是什么风光无限的事。

"你打都打了还要让哑子赔钱？"那个清洁工又说话了。

"那我就再打，一千打十下，打三十下，我就不要钱了。"

胡子又火了起来，把打气筒一弯腰又拿在了手里。

"你让他赔多少？"小胖老板一下子把手伸出去，做了个拦的动作。

胡子不再说话，他看看左右，这时候围过来的人更多了，他已经找到了一片纸，又从什么地方把笔也掏了出来，他在纸上把字写好了，他把纸往哑子那边一掷，胡子见过有人写字给哑子看，胡子既然是住在旁边的巴黎花园，他免不了经常在这一带走来走去，他知道哑子识字。看了纸片上的字，哑子马上尖叫了起来，纸上写着三个字："赔三千。"哑子用手拍拍那张纸片，可怜巴巴地看看胡子，嘴里"呀呀呀呀、呀呀呀呀"，哑子又拍拍手里的纸片，又可怜巴巴地看看胡子，嘴里又"呀呀呀呀、呀呀呀呀"。小胖老板这时把哑子手里的纸片拿了过去，他还没来得及看纸上写着什么，让在场的所有人都几乎吃了一惊的是，人们几乎还没有反应过来，怎么说，哑子竟然，一下子，就给胡子跪了下来。这真是让人想不到，这简直是让人生气！哑子到底是哑子！为什么给他跪！人们这时候反过来又生哑子的气，哑子的头上已经流了血，血已经从棉帽子里边流了两道出来在脸上。按说，打都打过了，应该了结了，但是，哑子居然给胡子下跪了。更让人们吃惊的是，胡子的反应也极快，他把那姑娘拉了一下，拉过来，让她站在自己的旁边，人们又不明白了，胡子这是什么意思？人们就都看着胡子，看他要做什么？胡子开始做手势，对着哑子做手势，他指指哑子，又指指姑娘，又用手指指着地上比画了一下，又比画了一下，胡子是一边比画一边说，他说要是你这个臭哑巴能从她胯下给我像狗一样爬过去，三千块钱我就不要了，不要了！胡子比画，是给哑子看，胡子说话，是给旁边的人听。哑子居然，一下子就明白了胡子在说什么，哑子对人们的手势特别的敏感，哑子明白了，"呀呀呀呀、呀呀呀呀"哑子点点头，又点点头，让人们更吃惊的是，看样子哑子马上就要爬了，他都要把身子伏下去了，却被站在一旁的小胖老板猛地一拽，一把拉了起来。

"他妈个X！X！X！X！X！不就是个X！"

小胖老板大声说，激愤地大声说，他气愤极了，他不知是对谁在说，好像是对哑子说，又好像是对胡子说，又好像呢，不知是对谁说，但周围的许多人都明白小胖老板这话是针对胡子说的。

"不就是三千，不就是个X！"小胖老板又重重拉了一下哑子，要他起来。

这时，胡子的脸色更加难看，他不再说话，他好像是有几分怯了，又好像是，心里更火儿了，不知该怎么说了，但他还是说话了，他把一只手伸出来：

"有种的马上拿出来！拿！拿！拿——"

"拿！还不就是三千！"

这时候的哑子，眼里简直是放出异彩，是异彩，怕人的异彩，是说不清，是看了让人有几分怕，又让人有几分可怜。他好像也已经懂了小胖老板的意思，他想挣开小胖老板，他"呀呀呀呀！呀呀呀呀！"他摆手，他指指那姑娘，又指指自己，又指指地上，他的意思，人们

100

都明白了，哑子说他要爬，只要从姑娘的胯下爬过去，什么事情就都没了。但小胖老板没放开他，死死拉着他，人们看着哑子被小胖老板用力拉着往对过儿走，哑子挣不脱，只好一只手对着小胖老板摆着，一边"呀呀呀呀、呀呀呀呀"叫着。两个人，倒像是在打架。两个人，挣着，晃着，已经从路这边走到了对面，很快，已经上了那小面馆红色的台阶，接着，已经撩开了小面馆那总是"哗啦哗啦"被人撩来撩去的塑料门帘。两个人，已经进了面馆，人们都知道这个小面馆有个后门，出了后门，就是南边的小区了。

胡子站在那里没动，脸色铁青铁青，他看着小面馆那边，他什么话都不说，脸色是铁青铁青！好像是，这时候他要是不说话就会让人觉得他有那么点儿不对头，还好像是，这时候他要是不说话就会下不了台，他开口了，三个字：

"臭哑巴！"

那姑娘呢，又回到了那辆宝马车上，但她依然没有把车顺过来的意思，就让车那么在路上斜横着。"臭哑巴，我让你赔我的车！"姑娘忽然把头从车里探出来说。

　　过了没多长时间，人们看到了，哑子终于从小面馆里出来了。他从里边撩开了那总是"哗啦哗啦"响的塑料门帘，他下了那几个红色的台阶，从道那边过到这边的时候，哑子没像往常那样看看这边再看看那边，他脸上的表情竟然好像是有几分笑，他直着走了过来，围在这里的人们给他让了路，让他径直走到了胡子的身边。胡子一脸铁青地站着。围在周围的人们忽然觉着这个世界，怎么说，真是没什么意思，一点点意思都没有！认识哑子的人都忽然觉着老天怎么就可以这么不公道，怎么就让他生成个哑子，怎么打都被人家打过了，头上都出血了，这时候倒要拿出钱来给人家。那个站在一边的小区清洁工，脸红红的清洁工，看样子要发作了，看样子已经激动得了不得了，脸都在抽搐，但他能怎么发作呢？在哑子站在了胡子跟前的一刹那，清洁工就要冲过来了，脸抽搐着，他要拦住哑子，他要动作了。但哑子的动作要比他快，哑子已经把钱从胸口里边的口袋里取了出来，但是周围的人们忽然都惊呆了，都张大了嘴，哑子从胸口那里掏出的并不是钱而是一把刀，一把很锋利的刀，这连胡子都没有反应过来，他把手已经伸了出去，那手伸出去是要接那三千块钱，他也看到了哑子忽然从胸口那里掏出来的是一把刀，但他来不及闪身，那刀子已经一下子插进了他的身体里，是身体的左边，一下，又一下，又一下。胡子觉着，凉凉的，有什么，从外边进来，进到身体里边来，又有什么，热乎乎的，从自己身体里一下子飘了出去，永远飘了出去，这让他觉得自己是那么轻盈，从来都没有过的轻盈。他感觉自己是飘在了地上，而不是重重倒在地上。他甚至还看到哑子已经扑到了宝马的旁边，"呀呀呀呀、呀呀呀呀"，哑子已经拉开了宝马的车门，那姑娘，要往车里躲，但已经被哑子一把拉了出来，哑子手里的刀子现在已经变成了哑子身体的一部分，这一部分一下子进入了姑娘的身体，还有什么东西进入过这姑娘的身体呢？胡子曾经进入过，胡子身体的某一部分曾经一次次努力进取地进入过，除此，就只有哑子的这部分。刀子在这时候既然已经变成了哑子身体的一部分，那么，这部分就来得特别的有力，人们都静着，没一个人肯过来，人们都惊住了，人们都看着，那姑娘，也倒了下来。她身子朝后，先是靠在她的百万宝贝的宝马上，然后人顺着宝马滑下去，滑下去，她倒下去的时候，那辆白色宝马的车身上便出现了红红的一道线，一道很扎眼的红线。

那辆白色宝马在那里停着，已经过了两天了，和前两天不同的是，车身上现在飘洒着一些鞭炮的红红的纸屑，正月十五这天，人们几乎又放了一整夜的鞭炮，鞭炮的纸屑飞得到处都是，正月十五是热闹的，是喜庆的。

牛皮纸袋

韦施的事朋友们都知道，韦施岁数大了，朋友们都不愿提起他和他儿子的往事，但朋友们都觉得是韦施的不对，朋友们都说再怎么也不能把儿子给告到法庭上，再说，韦施也从不缺钱花，但韦施和儿子打的那场官司到最后韦施还是胜了，朋友们都记得韦施和他儿子在法庭上还握了手。

韦施当时还对儿子说："是的，我就是为了钱。"

韦施的儿子说："是不是只要是钱就行？"

韦施对此很肯定，韦施说话的声音向来很大，韦施说："对，是钱就行。"

朋友们都记着，当时韦施的脸色真白，白得让人担心。

韦施的儿子当时还又重复了一句，语气加重了："是不是只要是钱就行？"

韦施对此没做任何解释，只回答了一句，"是，是钱就行，每月一次。"

这一晃都快五年了。

"想开点，也许不都是他的错。"韦施的老伴儿不止一次对韦施说。

"其实我现在已经缓过来了。"韦施说。

韦施现在住在一个很大的院子里，这个院子在奶牛厂的北边，有许多大树，夏天的时候，这里的空气简直是糟透了，要多糟有多糟。韦施和他的第二任妻子，也就是韦施儿子的继母，每天要做的事也就是浇浇花，锄锄草，他们的房子前边和后边都有很大的空地，韦施是个很会规划的人，他把房子前面的地都种了花，大丽菊什么的，还有波斯菊，这都是些很好养活的花，房子后面的地种了些菜，豆角茄子还有韭菜和葱。这样一来，花瓶里的，餐桌上的，可真是要什么有什么。有时候韦施还会和老伴儿去钓钓鱼，离他们不远的地方就有个池塘，他们总是步行去，在那里钓鱼的人还真不少，所以韦施又交了不少钓鱼的朋友，但韦施的钓鱼成绩总是很差，因为他的心根本就不在钓鱼上。

韦施现在的日子过得很好，每个月儿子都会按时过来一下，把钱给韦施送过来，钱就放在牛皮纸袋里。

有时候，韦施会试探着对儿子说："今天的饭不错，有你喜欢的炖排骨。"

有时候，韦施会试探着对儿子说："今天有腊肉，怎么样?"

但韦施的儿子没有一次会留下来，但韦施的儿子有时候会对着韦施的老伴叫一声白老师，这你就应该知道了吧，韦施现在的老伴曾经是韦施儿子的小学老师。教美术课，用蜡笔和水彩画风景和水果。

"我做的饭你也不吃吗?"韦施的老伴说。

"不吃。"韦施的儿子说。

韦施也不知道自己究竟是错在了什么地方，怎么会跟儿子的关系搞成这样。他也想不出有什么办法可以让自己和儿子的关系改善一下，韦施每次打开儿子送来的牛皮纸袋都会沉默老一阵子，脸色是要多难看就有多难看。韦施把那些牛皮纸袋都放在储藏室里的一个木箱子里，似乎那是一个秘密，年复一年，那些放钱的牛皮纸袋几乎把那个木箱子都要塞满了。韦施每次总是把儿子送来的牛皮纸袋子拆开看一下然后马上就封起来，每到这种时候，韦施总是一连几天都不说话。每逢这种时候，家里真是静，只能听到南边奶牛厂的牛在叫，"哞——"的一声，"哞——"的一声。牛叫的时候，大树上的猫头鹰也会跟上叫。

"东来其实是个好孩子。"韦施的老伴说。

"他儿子都快要结婚了，还孩子。"韦施说。

"他当时还真是困难。"韦施的老伴说，她总想让韦施和儿子和好。

"我不是为了钱。"韦施说，"这个你应该明白。"

韦施的老伴就不再说话，看着韦施，韦施在喝茶，两眼看着外边。

"他那个时候整整两年都没过来看我，我真是气坏了，我是想让他知道我是谁，我不是别人"。这是韦施的话，说这话的时候韦施真的很难过。

"我还能跟他要什么呢?"这是韦施的话。

"韦施，别生气。"韦施的老伴说。

"韦施，韦施。"韦施的老伴把自己的手放在韦施的手上。

"我不跟他生气，他是我儿子。"韦施说。

"我怎么生了这么个儿子。"韦施又说。

"没什么，没什么。"韦施的老伴说。

"他小时候不是这样的。"韦施说，"你也知道，他用蜡笔画的那只松鼠和鹦鹉有多么好看，颜色有多么漂亮!"韦施站了起来，又要去取那两张画了，那两张画他一直保存着，时不时会拿出来看一下。

韦施的老伴要他坐下来，"这我还能不知道，那时候他是班里画得最好的。"

韦施说自己儿子上了大学才变成现在这个样子的。韦施笑了一下，马上又不笑了，"现在的大学，妈的!"

韦施的老伴在给衬衣缝一颗扣子，韦施的蓝色衬衣，夏天的时候韦施总是喜欢把衬衣袖子挽得很高忙来忙去，韦施是个精力旺盛的人，所以总是闲不住，一会儿做做这，一会儿做做那，他还会把那些开得过于茂盛的花用剪子剪下来送给邻居，虽然是很普通的大丽菊和波斯菊什么的，或者是定期把后院的菜一批一批收下来送到女儿开的饭店里去。有时候他会带老伴一起去，在那里吃些东西，两瓶啤酒，一盘干炸丸子。每逢这种时候，韦施总是要顺便打听一下儿子的事，韦施知道儿子和他妹妹的关系很好。

"他现在也不去那个池塘钓鱼了。"韦施对自己的女儿说。

"因为你在嘛。"女儿说。

"我在怎么啦？"韦施说。

"因为你在嘛。"女儿又说。

"我在又怎么啦？我在他就不能去了吗？"韦施不高兴了。

"谁知道你们是怎么回事。"女儿说。

韦施像是被什么东西一下子噎住了，把脸掉过去，看着窗外，老半天不再说话，他想把牛皮纸袋的事对女儿说一说，但还是没说，但韦施实在是太难过了，他觉得这事如果不说也许会把自己憋坏。韦施让这个念头搞得快要转不过弯来了，其实韦施去那个鬼地方钓鱼就是

110

为了远远看一下儿子。

韦施的儿子总是喜欢在那棵把枝干伸向水面的柳树下垂钓，儿子不来的时候韦施就会坐在那棵柳树下。

韦施觉得自己不能再忍下去了，因为这让他太难过了。夏天已经过去了，天气一天比一天凉，凉风已经从遥远的北方吹了过来，奶牛场那边的青玉米早就都收割完了，也都被切割机切碎了，这是那些奶牛们冬天的食粮，那么多的青玉米秸都得被切碎，真不知道要切多少天，切碎的青玉米秆又都要被埋在地下的一个很深很深的长壕里，然后再用土埋上，这是一种储存青饲料的方法，也是北方最好的储存方法，韦施最喜欢去奶牛厂那边看他们收玉米秆切玉米秆，一头奶牛一冬天得吃多少青饲料啊，这可不是每个人都会清楚的事，但韦施清楚，他喜欢这些事，喜欢植物和动物，喜欢玉米秆的味道，那味道可真是好闻，韦施没事就喜欢东看看西看看。韦施就是这么个人。

也就是那天，韦施从女儿那里知道自己的孙子马上就要结婚了，这也许是件让人开心的事，但韦施还是开心不起来。这天的雨从早晨就开始下了，这是秋天向冬天过渡期间的一场冷雨，也许下过这场雨冬天就会来到了，跟着就是雪，白茫茫的雪，韦施家前院和后院的花和蔬菜到时都会凋零，一切好看的颜色到时都会统统变成接近赭石的那种颜色。

韦施坐在靠窗的地方，那地方可以看到外边，他习惯坐在那里喝茶，从早晨他就开始喝了，茶又酽又苦，韦施最爱喝这种茶，韦施端着茶杯看窗外，外面当然是灰蒙蒙的，窗玻璃上都是雨水，因为气温低，玻璃这一面都是哈气，要想看清楚外边就必须把玻璃擦擦。

"你想什么?"韦施的老伴问韦施。

"我什么也不想。"韦施说。

"你这就是自己哄自己。"韦施的老伴说。

韦施就对老伴又说起那场官司，这几天，他总是想说说这些陈年旧事。

韦施说："你记着没记着，东来当时说，是不是只要是钱就行。"

韦施的老伴说她记不清了，那毕竟是十多年前的旧事，提这些做什么。

"其实你记得清清楚楚。"韦施说。

"我跟你说我早就记不清这些事了。"韦施的老伴说。

"他说是不是只要是钱就行。"韦施说，"那种口气！"

"这话也没错。"韦施的老伴说，"这话没错。"

"语法上讲是没错。"韦施说。

"他的钱每个月送过来你不也都收下了吗?"韦施的老伴说。

韦施一怔，把茶杯猛然往桌上一顿，人已经站了起来，韦施已经想了好多天了，他决定要把真相告诉老伴，再说孙子马上也要结婚了，这事也该结束了，再这么下去没什么意思，韦施觉得自己是不是真老了。韦施现在已经很少冲动，就他这个岁数，一般不会冲动了，但他忽然又冲动起来，他怒冲冲地去了储藏室，他把放在那个大箱子里的牛皮纸袋拿出几个来，他觉得自己再也不能忍了，再忍下去自己也许就真的要生病了。韦施的老伴看到韦施从储藏室出来了，也看到那几个拿在韦施手里的牛皮纸袋了，她知道里边是韦施儿子每个月送来的钱。

韦施要老伴把牛皮纸袋打开，"你打开。"

韦施的老伴不知道韦施什么意思，仰起脸，看着韦施。

"你打开，你看看里边的钱是什么钱。"韦施说。

韦施的老伴看着韦施，韦施面部的表情让她多少有些吃惊。

"你打开。"韦施再次说。

韦施老伴把牛皮纸袋慢慢打开，马上就吃了一惊，发出一声尖叫。

"妈的！当然这也是钱，不能说它不是钱是不是？"韦施说。

韦施的老伴不再说话，她想不到会是这样。

"这就是我生的儿子。"韦施又重新坐下来。

韦施的老伴看着韦施，她想不到牛皮纸袋里会是那种钱，你不能说它不是钱，但它根本就不是人花的钱。

"我不知道他为什么会这样对我。"韦施说。

韦施的老伴把牛皮纸袋里的钱取了出来，一张、两张、三张、四张、五张、六张，一共十张，钱和在市面上流通的一模一样，不细看谁也看不出放在面前的钱会是冥币，上边也印着伟人像，这真是让人从心里难受。

想不到、想不到、想不到，韦施的老伴有点慌，她把一只手放在韦施的手上，马上又把这只手放在韦施的脸上，她怕韦施出什么事。

茶杯在韦施的手里有点抖，韦施把茶杯放下。

韦施的老伴又把韦施的那只手握住，握得很紧。

"我不知道这究竟是为什么，也许当时是我真错了。"韦施说。

"其实你们谁都没错。"韦施的老伴说。

"我想出去走走。"韦施说。

韦施站了起来，披上了雨衣，他早上出去过，雨衣还湿漉漉的，其实在这种天气里他什么地方都不想去，他站了一下，又把雨衣脱了下来。随后又给自己倒了杯茶。韦施对老伴说："其实我早就缓过来了，你根本就不知道，第一次我收到他的牛皮纸袋时我真要气疯了。"韦施又说，"你别笑，我真想过去杀了他，虽然他是我的儿子，不过我现在早缓过来了。"

"跟你说，第一次，我真想杀了他。"韦施又说。

韦施的老伴看着韦施，她觉得老韦施真是有点可怜，怎么会有这种事？　个做儿子的怎么可以把这样的钱拿给父亲?

"不过我现在已经缓过来了。"韦施说。

"这就好，这就好。"韦施的老伴说。

韦施忽然苦笑了一下，把一只手放在了老伴的肩上，"我是不是吓着你了?"韦施说，"碰到这种事害怕的是你，但我不会害怕，我会在最生气的时候一口气喝下一整瓶可口可乐。"韦施说，"你猜怎么着，接下来就会不停地打嗝不停打嗝，然后就不会再那么生气了。"

韦施的老伴笑了起来。

"整瓶可口可乐，一口气?"韦施的老伴说。

"信不信由你，就是一口气。"韦施说。

韦施的老伴说她才不相信一口气能把一瓶可口可乐喝掉。

"一口气喝下去才可以不停地打嗝不停地打嗝。"韦施说。

"然后就不生气了?"韦施的老伴说。

"就只顾打嗝了，不停地打。"韦施说。

韦施和老伴再次笑起来。

"我怎么生了这样一个儿子，但他怎么也是我的儿

116

子。"韦施说。

"你这么想是好事，你孙子就要结婚了。"韦施的老
伴说。

"所以啊，所以啊，所以啊。"韦施说。

虽然下过一场冷雨，但还是没冷到结冰，院子里的
花花草草都还绿着，韦施和老伴出了一趟门。韦施给女
儿打了电话要她开车过来送他们老两口去一下银行。韦
施的女儿从小也不那么太听话，但自从出了哥哥的事，
她变得听话起来。韦施的女儿拉着父亲和继母去了银
行，这次去银行韦施可真是取了不少钱，从银行出来，
韦施又下车去了一下路边的小超市，韦施从小超市出来
的时候，坐在车里的韦施老伴和韦施的女儿都发现韦施
其实什么也没买，只不过手里多了一瓶可口可乐。

朝小车这边走的时候韦施把手里的可口可乐扬了扬。

"车上有饮料。"女儿对父亲说。

"这是可口可乐。"韦施说。

"我还能不知道那是可口可乐。"女儿说。

"我喜欢这个。"韦施说，"你根本就不知道它的妙

用。"

"那我还能不知道。"韦施的女儿说，"这个东西做红烧蹄髈不错。"她的小饭店就有这样一道菜，因为卖得好，每天只订二十份。这道菜也好做，一只蹄髈最少要用三瓶可口可乐，还要有冰糖，用不了一个钟点，蹄髈就会被炖得稀巴烂。

"可口可乐真是好东西。"韦施说。

韦施的女儿说"我怀疑这里边会有什么东西，所以再好我也不吃。饭店的东西最好少吃，想吃什么自己在家里做做最好。"

"我喜欢喝这个，喝这个心情愉快。"韦施说。

韦施的女儿不知道父亲说这话是什么意思，她从倒视镜里看了一眼父亲，她觉得父亲今天的心情很好，多少年了，这种情况很少见。

韦施的老伴却忽然笑了起来，她拍拍韦施的腿，但她没说，她什么也没说。

韦施已经告诉她了，关于牛皮纸袋的事要她对什么人都不要说。这只是他们父子之间的事，当然也不要对女儿说，虽然他们都是至亲的人。

"我孙子要结婚了，所以，所以，所以……"韦施说。

"所以什么呀?"女儿说，"你这是半句话。"

"人活着，最好只说半句话，我从前也许是说得太多了。"韦施说。

"这是哲学。"韦施的女儿笑了起来。

韦施的女儿把韦施和韦施的老伴送回家后就开车走了，她很忙，要去鱼市场买几条深海鱼，说深海鱼，其实就是比目鱼。她还要再买些新鲜的蔬菜，比如那种紫色的秋葵，还有蒜薹什么的，还有就是啤酒，或者还要再买一箱葡萄酒，她离婚后什么都会做了，她不做不行，她现在没靠，只能自己去做，当女人没靠的时候就是天底下最勤劳的人。

接下来的事是，韦施把那个木箱子从储藏室里拖了出来，他把那些牛皮纸袋全部都从木箱子里取了出来，他要把牛皮纸袋里的东西取出来烧掉，这件事现在好像已经变成了一件开心事。

"其实我早就缓过来了，因为我老了。"韦施说。

"我们应该住到你女儿的店里去，我们也许能帮她。"韦施的老伴说。

韦施抱了一下老伴，"说实在的你应该画画儿。"

"对，我应该画画儿。"韦施的老伴说，"我应该去买些颜料。"

"我其实不应该给这小子一个惊喜。"韦施又说。

"为什么？"韦施的老伴说。

太便宜他了。其实韦施知道，自己儿子的脾气其实就像自己。

"你高兴就行，我们现在就做。"韦施的老伴说。

韦施给自己点了一支烟，他有烟，但他好久都不抽了，他忽然想要抽一支，然后，他和老伴去了厨房，那些牛皮纸袋子，都在餐桌上放着，是韦施的主意，要把牛皮纸袋里的那种看上去很像但又不能花的钱全部取出来烧掉，然后再把今天从银行里取出来的钱放进去。

韦施突然笑了起来，说了句什么，但韦施的老伴没听见。

"什么？你再说一遍。"韦施的老伴说。

韦施又说了一遍。

"我还是没听清？"韦施老伴又说。

韦施说："他用那种钱换了我这么多这种钱。"

"韦施，话说一次就行！"韦施的老伴说。

韦施看着老伴，把嘴里的烟慢慢慢慢吐出去。

"但你是对的。"老伴说。

韦施的老伴又去了一下厨房，她是个爱干净利落的女人，她穿了件围裙，那是她平时做饭穿的，她还端来两杯咖啡，这样的晚上，这样的晚上，这样的晚上，怎么说呢，这真是一个好晚上。

战　栗

怎么说呢，说到乱，再没有比火车上更乱的地方。

只要一上火车，各种各样陌生的脸、各种各样陌生的声音、各种各样陌生的姿态，再加上各种各样陌生的气味，都会一下子朝你扑过来，会搅在一起把你裹挟住，让你无所适从。在车上，你防不住会碰到一个什么样的人？但你又希望能碰到熟人，但周围的人都是陌生的。在这些陌生人之中，有爱说话的，有不爱说话的，有正经的，有不正经的，小偷流氓的脸上又没有刻字，所以人人都怀了戒备在心里，该说什么，不该说什么，还有自己的行李是不是还在，行李当然就在上边，时不时要用眼角照顾一下，还不能老是盯着看。但这种种戒备终归要被困倦袭倒，火车上是各种睡姿集大全的地方，坐着睡，躺着睡，身子在小桌上，头却已经歪到了外边，有的人索性钻在他人的座位下，打着响亮的鼾，就像那座位下已经安了发动机，一阵一阵地发动着，还有的人在那里站着睡，因为是站着，所以隔一会儿身子会猛地往前一冲，有时会碰到谁的肩上，或碰到别的什么东西上，这下好了，在别人的埋怨声中他警醒了一下，但马上再一次的困倦又袭击了他，他再一次睡过去，再一次猛地往前一冲，脑子又亮了一下，但马上又睡着了，这种困倦来得像是特别凶猛，而这种短暂的睡往往又是特别的香甜，如让他好好躺到一个地方去睡，也许，他又一下子，怎么说，又睡不着了。火车上的困倦像是会传染，说睡，忽然一下子就都没了声息，是一睡一大片，但照样还有人在那里小声地嘻嘻哈哈打扑克捉红Ａ。出牌的声音是很响的，"啪"的一声，又"啪"的一声，这时候忽然有个小孩儿哭了起来，拉长了声音，尖锐的，刺耳的，一下子打破了车厢内暂时的安静。而这哭声忽然又没了，"呜呜呜呜"的一下子含糊了，原来是被奶瓶的奶头一下子塞住，这是一个中年妇女，结实、干净、红黑的皮肤。她的神色几乎是有些惊

123

慌，左看右看，脸上还有几分愧疚，因为她怀里的孩子把周围的人惊醒了，有人已经不满地朝这边看，一边打着哈欠。有人在前边的座位上还扭过脸来看了一下，嘴里不知嘟囔了句什么。

这中年妇女把奶瓶的屁股抬得很高，奶嘴几乎一下子全都塞到了小孩的嘴里，这样一来，那小孩儿便无法再哭，只好吮，随即安静下来。

这是一辆从里八庄开往凤冈的车，里八庄叫庄，却是一个县级市，车从里八庄开的时候天还没有黑，要开一夜，明天天亮后再开半个白天，然后就到了凤冈。凤冈是个大站，也是终点站。这是七月底，七月底八月初正是各种水果上市的时候，所以每到一个小站都会有卖水果的，水果都用塑料袋一袋儿一袋儿事先装好了，水灵灵的。小贩们的水果卖得要比列车上便宜，但人们还是不肯相信他们，小贩们站在车窗下边，把一袋一袋水果举起来，举过头顶。车上的人两眼盯着水果，心里却在想，要是给他们钱，谁有那么正好的，比如给他十元，一袋杨梅是八元，这就有两元的找头，但是，他们在车下，这么找一下，那么找一下，拖着时间，也许车就开了，你又不能跳下车。这样一来呢，到手的一袋水果倒成了十元一袋，不知是谁，一上车就把这话在车上传开了，要车上的乘客格外小心，所以车上的乘客一般都不肯买这些小贩的东西。如果车到了比较大一点的站，停的时间长一些，人们就可以下去抽支烟或散散步，或买些东西。各个小站都配备着那种玻璃壳子车，是用手推车改装的，加了玻璃壳子，这种玻璃壳子车上几乎什么都有，水果饮料、面包糕点，还有方便面榨菜和煮熟的鸡蛋，鸡蛋是一袋一袋用塑料袋装了，一袋子五颗，却小得不能再小，这种玻璃壳子车上虽然什么都有，但就是贵一点。贵就贵吧，谁叫你是出门在外。既出了门，无论是谁，都会被一种朦朦胧胧的新鲜感包围，也就不怎么计较了。能下车的，常常是把不能下车的同座的乘客要买的东西也捎带着给买了。既然出门在外，每个人都知道，大家一定要学会互相照顾，一定要和同座的把关系尽量搞好，你总不能死死地坐在那里不动，你总不能不去一下厕所，你总不能不去打杯开水，你离开座位的时候怎么办？你总不能把大包小包都带在身上，这车又不是短途车。所以都要互相关照。所以要尽量和同座的人拉近乎。问一下对方在什么地方工作？问一下对方是哪里的人？问一下对方那地方的房地产现在是多少钱一平方？或再骂几句。也许还会问一下对方要去什么地方？在火车上，人们能靠什么把关系拉近呢？也就只能靠说话，是语言在起作用。说到语言，就怪了，你要是想和某个人保持一定距离，几句话，中间就马上会筑起一道看不见的墙。而想和某个人拉近乎也容易。比如说，本来是说他的爸，对方却会马上说"咱爸"，说的是他的妈，对方却会马上把话接过来，说"咱妈身体很好。"到了这时候，哥是"咱哥"，姐是"咱姐"，孩子是"咱孩子"，家是"咱家"，只有老婆，没人会说"咱老婆"，老公也没人说"咱老公"，说话也原是有尺寸的，再拉近乎也不能吃了亏。

那中年妇女，一眼就可以让人看出是那种乡下进城做事的妇女，结实、干净、红黑的皮肤，也许是做保姆，也许是做钟点清洁，也许是卖烧烤，也许是卖豆腐。是比乡下人会穿而又不如城里人。她抱着孩子，差不多才一岁多的样子，为了方便，她用了一块绣花兜布，那种专门用来兜孩子的T字形黑色兜布，上边绣了醒目的大红大绿的花，牡丹、鸟，还有别的什么花。兜布中间几乎都绣满了，但四个边还是黑布，这就形成了鲜明的对比，好看而又有些乡土气。这种兜布现在只有在乡下才用，所以人们不难明白这妇女是从乡下来的。用这种兜布兜孩子有两种兜法，一种是把孩子兜在后边，大人照样可以干活，锄地、喂猪、挑菜或采茶都可以，小孩儿就是睡了，就让他睡吧。一种方法是把孩子兜在前边，可以用手托着，方便喂奶。这中年妇女，就是把孩子兜在前边上的火车。她上车的时候已经是后半夜，站台上很冷清，这时候上车的人不多，零星几个。她上了车，左右看看，车上虽还有座儿，但都给横躺竖卧的人占了，比如说一个人占了两个人的位子或三个人的位子，在那里鼾睡着，两只脚还高高举着，根本不在乎别人有没有座儿。这个中年妇女，这边看看，那边看看，她是希望有人给她让个座，也有人注意到了，虚开了眼看了一下，但马上又睡了过去，或根本就在睡，不知道有人在找座儿。这中年妇女从车门的这头走到另一个车门，没人给她让座，她也不好意思把哪个推一下。她不知所措了，不知把手里拎的那个提包放在什么地方，她想了想，又去了另外一个车厢。她在另一个车厢的遭遇和在这个车厢的遭遇一样，人们都睡着，没人注意她。这时候，有人喊了她一声，她把脸转了过去，喊她的人在朝她招手，要她过去，那边有位子。是个精瘦的老婆婆，剪发头，皮肤特别的黑，她旁边还有个孩子，那孩子差不多有七八岁了，却没有睡，两只眼亮亮的，在盯着她看，另外还有三四个人，也都没睡，也都看着这边。老婆婆和那七八岁的孩子，还有那几个人显然是一起的，他们也许也是刚刚上车不久，还没有睡意，或者他们是白天上的车，已经睡过了，现在是睡意全消。只是那孩子奇怪，两只眼亮亮的，看不出一点点想睡的意思，这已是后半夜了。这个中年妇女怀着十分感激的心坐下来，随口对那孩子说了一句，"你不瞌睡吗?"她坐稳后，手已经在背包里掏了，马上就掏出一个苹果，递给那孩子，那孩子却不先接，用亮亮的眼睛先是看那老婆婆，然后是看另外那几个人。那老婆婆说："既是姑姑给，你就拿着吧。"

"叫姑姑。"老婆婆说。

这七八岁的孩子小声叫了一声。

"再叫，这孩子。"老婆婆说，推了一下。

"姑姑。"这小孩子就又叫了一声，比刚才亮了许多。

"这孩子。"老婆婆又推了一下，告诉中年妇女，是她孙子。

中年妇女说，是该睡觉的时候了。

"没坐过火车。"老婆婆说看什么都新鲜，忘了睡。

中年妇女在心里，已经喜欢上了这个孩子，还有另外那几个人。听口音，他们一定是一起的人，他们的口音，既像是山东那边的，又像是河南这边的，也许他们那地方是两省打交界。比如徐州，还有菏泽，根本就说不清应该是山东还是河南。口音也就跟上杂，连生活习惯也跟上变得很杂。这地方的人，若碰上河南人，他们马上会觉得自己就是河南那边的，若是碰上山东人，他们又会认为自己原本就是山东人。有时候，连他们自己都要弄不清了。

中年妇女安顿了下来，但她并不就把孩子解下来，这样孩子会睡得安稳些，要是把孩子从怀里解下来，放在座位上，再次醒来或一不小心滚下来便是事了。中年妇女又看了一下周围，用手，又摸了摸孩子的屁股，孩子刚才已经溺过尿，也拉过，这会儿又睡着了，小孩儿刚才就睡着的，只是上车的时候被火车的停靠声惊扰了一下，这时又睡着了。因为是在车上，这中年妇女上车前就已经给小孩的屁股下边垫了一块尿不湿，这样一来她就不用怕他拉尿。尿不湿是从她做事的那家人那里讨来的，她说她要带孩子上火车，拉尿是不方便的，只要两片。这几年，她在城里什么不做，当过月嫂，也带过小孩，这次她是去凤冈给一家人当保姆。凤冈那边的人家是她丈夫的亲戚，说先过来试试，将就着把孩子奶到一岁就行。中年妇女现在怀里这个，其实已经是她的第二个了，上边那一个已经四岁了，是个女孩儿，叫"香港"，怀里这个呢，叫"澳门"，是个男孩儿。这样的名字，简直就像是在开玩笑，这是孩子的爸爸给起的，说反正也是小名，大了就不叫了，这也是乡下人的浪漫。但说实在的，她和她丈夫严格说已不是乡下人了，他们的见识早已开阔了。她的丈夫说要是再生，下一个就叫他妈的"华盛顿"！她的丈夫有时候亦会和她开玩笑，来回摸着她的肚子说你这地方真是太了不起，既放得下香港又放得下澳门！不过话说回来功劳还在于他，他才是设计师和建造者，把香港和澳门一下子就设计并建造在她的肚子里了。澳门现在也已经一岁半了。她既要出来做事，上边那一个香港就留给了婆婆，婆婆原来的想法是把这个小的留下，怎么说都是小小子。在乡下，男孩儿和女孩儿就是不一样，男孩儿是金，女孩儿最多只能是个银。为了这，婆婆在心里还很不高兴。

火车轰轰地开着，一夜就这样过去，剪发头的老婆婆和中年妇女说了一会儿话，声音很低但很清亮，说到后来都忽然静下来。朦胧中，车停了又开，开了又停。这一夜，是不停地有人上车下车，是，每到一站，那老婆婆必要朝下张望，一切好像对她都很新鲜，又像是有什么事在等着她。天亮后，老婆婆和中年妇女的这个车厢又都坐满了人。是，忽然从下面拥上来一大帮民工，背着扛着，许多的蛇皮袋，里面不用说是行李，被子或褥子，内衣或外衣，帽子或鞋，鼓鼓囊囊的，还有工具，电钻或电锯，也都塞在蛇皮袋子里。还有一种味道，也随之而来，是什么味道，说不清，一开始是浑浊的，并且一阵一阵地加强着，随后又是泥土的，新鲜的，一点一点浮起来。车上的人们这才明白，外边或许是下了雨。中年妇女问了一声："大不大？"有一个民工停了那边的说话，掉过脸，对这边说："不大，这还算雨？庄稼都快完了！"他们说着话，忽然有乘警出现了，居然是女乘警，她大声说车厢里不许抽烟，要抽就到过道去抽！东西也不要乱放，要放就放到行李架上去！民工们也都知道火车上的过道在什么地方，就都拥到那地方继续去抽他们的烟，还说着话，都毫无睡意，这时候，已经是凌晨四点多了，再有一小会儿，天就要大亮了。有两个面孔红扑扑的小民工坐在那里挤在一起，小声笑着说，"这地方难道就不是车厢吗？是不是就可以不买票？"这话被正往另一个车厢里走的女乘警听到了，她回过头来，对那两个小民工说："再说，再说把你们赶到车下边去。"停顿一下，又说一声，"小心别夹了你那脚！"两个小民工忙站起来。下边的车轮"轰隆轰隆"一路响过去，车猛地颠簸了一下，又复归于平静，又颠了一下，又复归平静。

那老婆婆和她的孙子，在女乘警出现的时候好像是睡了一下，女乘警一走，老婆婆和小孩儿就又醒了过来。小孩儿要去厕所，老婆婆紧跟着，一起去了。老婆婆和她的孙子从那边回来，中年妇女也想去一下。

"把咱孩子给我，你去。"老婆婆对中年妇女说。

中年妇女顿了一下，还是决定带着澳门一起去。

"把咱孩子给我。"老婆婆又说。

中年妇女还是和她的澳门一起去了，她不好意思让小孩儿把尿洒在车厢的地上，"也许还要拉屎呢。"

老婆婆像是不放心，也跟了去，她在厕所外边等着，一边和身边的人说话。厕所那边就是洗脸的地方，"哗哗哗哗"着，有人在洗，有人在漱口，"咕噜、咕噜——卟""咕噜、咕噜、卟——"还有几个人站在那里，拿着洗漱用具，等着，这时又过来一个戴眼镜的男的，推了推厕所门，等在了那里。

"咱媳妇真不容易。"老婆婆对旁边的人说。

戴眼镜的又推了推门。

"咱媳妇在里边呢。"老婆婆不满地说。

戴眼镜的男人马上去了车厢的另一头，那边还有厕所。

133

老婆婆也跟上朝那边望,直到中年妇女从厕所里出来。至此,人们都觉得她们是一家子,婆婆和媳妇,除此,还会是什么。

天终于大亮了。

虽然火车是钢铁机器,一路生风"轰隆轰隆"地跑,像是充满了生气,不可一世,勇往直前,其实火车上的生活是混沌的,是永远也睡不着永远也醒不来的样子。其实是只有一个节奏,当然也有节奏陡然快起来的时候,那就是每到一站的上车和下车,尤其在起始站和终点站,人们都会紧张一下,好像不争先恐吓后就下不了车,好像不争先恐后就上不了车,上车下车,只顾自己不顾别人,好一阵忙乱。除此,一切都浑浑噩噩。这浑浑噩噩其实都是从列车服务员那里来的,再紧张的事,他们也不紧张,再不紧张的事他们也还是那样板着一张面孔。一如火车上的饭菜——馒头、米饭、面条,永远是那样,说热不热,说凉也不凉。餐车上虽说有汤有菜,但汤菜和饭店的都不一样,小饭店的汤和菜都好看在油上,汤上面是一层油,喝起来烫嘴,菜也是油大，端上来是油光鉴人，唯如此，才像是能让人满意，味道倒在其次，其实是一种欺骗。和小饭店的饭菜相比，车上的饭菜是浑浑噩噩，油没多少，芡却往往勾过了头，木耳炒肉，上了太多的芡粉，几乎要黏在一起，要等你吃到最后那淀粉也不会溑开，肉没几片，木耳也没几片，有的都是大葱，一段一段切得很大，倒不难吃。肉炒西红柿，居然也上芡，也照例黏在一处，也只有吃到最后才会溑开，肉炒腐竹，更别提，腐竹不是发到稀烂用筷子夹不起来就是没发好，死硬，用筷子戳都戳不动。这样的饭菜，你又没办法不吃，你既身在火车，又不能跳下去找地方解决一下。人们此刻的感受就四个字：忍气吞声。或有想发作的，也没什么好办法，提意见也白提，还得生一肚子气，便有把饭菜一股脑都扣在餐车的那张小桌上的，意思已经十分明了，但餐车上的服务员什么人没见过，看见就当没看见，也不会跟你生气，你爱怎么就怎么，反正你不会不让火车朝终点继续跑。首先是他们早就都皮了，上边有人下来检察工作，根本就没有想在车上吃饭的，没办法了，到了吃饭时间，列车长会对餐车上的人说："今天上边有人下来

135

检察工作，好好炒几个。"但饭菜端上来，照样是那样，黏黏糊糊，不冷不热，要他们来几个好菜，他们早已经不会了，只会这样。一上车，他们的一切灵感都没有了，给看不到的什么东西束缚住了，味觉也像是给封闭了。但他们其实也很不容易，车上那么多乘客都等着吃，早上一顿，中午一顿，如果晚上还不到终点，还要有一顿。不但是餐车上开饭，送餐的小车上也要把餐盒一盒一盒码好，送出去。送餐车上的盒饭永远是那几样，主食是米饭，上边加一勺子荤菜，再加一勺子素菜。荤菜一个是红烧丸子，六七个，虽油光好看，但里边几乎全是粉面。还有一个荤菜是炒肉片，没几片肉，又都给嫩肉粉发过了头，嫩到没一点点吃头。素菜是炒油菜或炒山药丝，一律黑乎乎的，全是味精和老抽，倒不难吃，只是吃过后要不停地喝水，像是刚从沙漠回来。

是吃饭的时候了，中年妇女先给孩子把奶热了，热水是刚才老婆婆抢着去打的，这真是一个热心人，让中年妇女在心里又是感激又是不知说什么好，一个人在路上，能碰到这样一个热心人真是万幸。老婆婆把热水打来，要中年妇女把孩子交给自己，中年妇女就更不好意

136

思了，说这样好喂。和老婆婆一起的那些人还有老婆婆的孙子这时又都不见了，好像是，马上就要到下一个站了，他们，人呢？中年妇女问老婆婆，不是要到终点站才下车吗？老婆婆说他们吃饭去了。买个盒饭多方便。中年妇女随口说，把奶瓶在脸上试了一下，又试一下，好了，她把奶嘴送了一下，奶嘴给澳门一下子含住了，小家伙还用了力，"咯吱咯吱"咬，已经长了牙了，上边两个下边两个。这时老婆婆又忽然不见了。老婆婆再出现的时候手里多了两个盒饭。中年妇女像是已经明白了，但还是问了，说："您怎么买了俩？""咱媳妇你不吃？"老婆婆说。中年妇女又是感动得了不得，已经把钱掏了出来，是两份的钱，说："算我请您吃好不好？算我请您吃好不好？"老婆婆说："咱都是一家人说这话干什么。"中年妇女说："您不收钱我就不吃。"推来推去，说来说去，老婆婆只好把钱收了，一个盒饭拾元钱，中年妇女递给老婆婆贰拾元，又没找头，所以不再说话。

"我要是有您这样的婆婆就好了。"中年妇女说着，把盒饭闻了一下。

老婆婆张了一下嘴，笑了一下，说，"我这个人就是不会当婆婆。"

中年妇女其实是没话找话，其实她家里的婆婆对她挺好，只是临走时为了澳门生了点气，婆婆想留澳门，想不到留下的却是香港。

老婆婆开始吃饭，老婆婆说她先吃，吃完了再替一下手，中年妇女再吃。

中年妇女看着老婆婆，老婆婆吃饭很快，一勺子下去，马上又接一勺子，这一勺子下去，另一勺子已经又舀好了在那里，是干练的作风，骨子里其实是身体好。

"您吃饭真快。"中年妇女说。

"受苦受出来的。"老婆婆说。

中年妇女看着老婆婆，不知道老婆婆说的受苦是指什么。

老婆婆吃过盒饭，那个叫"白家梯"的小站也已经过了，只停了几分钟。

这一次，中年妇女把孩子解下来给了老婆婆，开始吃她的饭。

此时。老婆婆的孙子和那几个人不知从哪个车厢又都过到这边来，都坐下，只是没话，其中一个，精瘦的中年人，把鞋上的泥都擦到车厢的地板上，看样子，他刚才肯定是下车去了，那泥很快就干掉，白晃晃的一片，仔细看，是一个一个叠摞在一起的鞋印。老婆婆侧过身把晾在塑料饭盒里的水拿过来让她孙子喝，这孩子的眼睛真亮，是单眼皮。

"找东西擦擦，像个啥?"老婆婆对那精瘦的中年人说。

那中年人便站起身，去了另一头。

中年妇女朝另一头看了一眼，继续吃饭，不经心地问老婆婆一句："您孙子上了学没?"

老婆婆像是有些慌，她推了一下孙子，"说，姑问你。"

老婆婆的孙子用两只亮亮的眼睛把老婆婆和那几个人一个一个都看过来，最终也没说出上学或没上学。老婆婆的孙子的两只手一直攥着，这时却张开了，手里握着那种磨了小窟窿眼儿的杏核，他把它放在嘴里吹了一下，"呜"的一声。马上被老婆婆喝住，又一推，要他坐好。老婆婆站起来，要中年妇女坐在里边小桌上去吃。中年妇女站起来，换了座儿。中年妇女在心里想，自己要是有这样一个婆婆就好了，在心里，不免把眼前这个老婆婆和自己的婆婆比了一下，又心想，不知道这老婆婆的儿子长得是什么样？这么一想呢，忍不住在心里笑了一下。和老婆婆一起的那几个人这时找出了一副扑克，簇新的。去那边找拖把的也回来了，拖了地，又把拖把送回去。他们开始抓红Ａ。老婆婆的孙子趴在车窗上看外边，外边的景物原是看不清的，一闪，过去，又一闪，又过。老婆婆的孙子忽然尖叫了一声，是一头红牛出现了，在铁道边吃草，只一闪，过去了。老婆婆的孙子又尖叫了一声，又是一头黑牛，也在道边吃草，也一闪，也过去了。窗玻璃上一道一道，是雨，又下了。

老婆婆原是个爱说话的人，这在晚上还看不出来。火车上，虽说气氛是混沌的，是沉闷的，但火车里也是有白天晚上之分，白天再看老婆婆，年纪像是没那么老，黑是黑，但皮肤还没有松弛下来，头发也剪得正好。吃过盒饭，中年妇女重新把澳门吊在了前边，老婆婆一边帮忙系带子一边说可别把宝宝捂出痱子。老婆婆说，那时候知青里也有早早结了婚生下小孩儿的，也是把孩子一天到晚背在身上，还得下地锄地摘花打烟叶什么都得干。话匣子就这样打开。老婆婆说她在乡下一共插了八年队，是知青创业队，比一般插队还要苦！老婆婆这么一说，中年妇女简直是吃了一惊，她看着老婆婆，想不到眼前这个老婆婆当年居然还是创业队的，根子里竟然是城里人，这真让人看不出。不由得对老婆婆又多了几分敬重。老婆婆继续说她的，她说她们年轻的时候，和现在不一样，几乎不用脑子想事，行动都靠最高指示，顶得烈日吃得苦，一连七八天的洪水也泡得起。割麦子几天几夜不怎么睡也顶下来了。

"那个苦啊，跟你说你都不会相信。"老婆婆说。

老婆婆让中年妇女看自己的手，看手上靠近大拇指那地方的那道疤，她告诉中年妇女自己的名字是叫刘玉兰。"你说这名字我们那地方没人不知道。"老婆婆说她年轻的时候就知道苦受，结婚后孩子都不懂得要，不是没时间要，是在响应号召。嫁了个男人又是村里的，只知道挣工分不知道心疼自己，那时候不要孩子就只有一

141

个办法，吃避孕药。老婆婆说，那药有什么好，没一点点好！吃来吃去把自己给吃出毛病了，到后来想生也生不出来了。老婆婆看一眼那边，那边几个人的注意力都在扑克上，老婆婆的孙子此刻已经睡了，趴在小桌上，一只小手朝前伸，张着，手里是几颗磨了窟窿眼儿的杏核，另一只小手朝另一边伸着，也张着，像是要抓住什么，手里的杏核早已经掉在了地上。

中年妇女弯了一下腰，不行，只好蹲下来，把那几颗磨了眼儿的杏核一粒一粒捡了起来放在小桌上。中年妇女再次坐好，听老婆婆继续说。老婆婆说一开始是怕有孩子，有了孩子就不能改天换地了，但后来是想要孩子却怀不上了。

"真怀不上?"中年妇女说。

"就是怀不上。"老婆婆说。

中年妇女看了一眼老婆婆睡在那里的孙子。

"是我儿子的。"老婆婆说，又小声说，"我儿子是抱的。"

"都一样。"中年妇女看看那边，马上说，"要说亲还是养得亲。"

"我两个儿子和别人的儿子不一样。"老婆婆说刚抱回来的时候一样，能跑能跳能吃能喝，到后来就不一样了。

中年妇女想问问怎么个不一样？没等问，老婆婆已经说了，老婆婆看样子是个心直口快的人。她说自己的儿子要个头有个头，要模样有模样，但就是脑子不好使。

"老大连小学二年级都没读完，是个废物！真是个废物！"

中年妇女看着老婆婆，张着嘴，不知该怎么安慰一下老婆婆才是，一时又想不出话，不知该怎么说，找不出话来了。老婆婆却早已看淡了这一切，又说："这个老大的脑子不行，我后来又抱了一个。"老婆婆把话停下来，叹了口气，端过塑料饭盒猛地喝了一口，"咕咚"一声。然后不再说，看着车窗外边，但不说是不行的，以她这种性格，也只是让自己的心气平一下才再好说。老婆婆又喝了一口水，又长出了一口气，说自己这辈子简直是憋屈死了，想不到抱的第二个儿子脑子也不好使！老婆婆问中年妇女："你说怎么就都让我碰上了？你说怎么就有这么多脑子不好使的？你说咱家是怎么回

143

事？"老婆婆朝那边示意了一下，小声说："那就是咱家老大。"

中年妇女朝那边看了一眼，马上明白了，把鞋上的泥在地板上擦了一大片的就是老婆婆的大儿子。中年妇女就更找不出话来了，换个人，也会找不出什么话，忽然，怎么说，只觉得眼前这个老婆婆真是苦？怎么都让她碰上了。中年妇女忽然有了话，说："后来呢？后来呢？"她这么说话什么意思呢，是想让老婆婆把话跳过去，说后来的事。后来也许就好了，过日子，一般都是前好后不好，前不好后好。那就拣好的说。

老婆婆看着中年妇女，不知道中年妇女想问什么。

"插完队，后来呢？"中年妇女说。

"后来还不是都回了城。"老婆婆说只是苦了自己，嫁了本村的怎么走？但后来自己说实话也不错，给从村里抽调到了乡里，后来又从乡里到了区里，在妇联干了五年，又回到乡里。

"既去了区上怎么又回了乡里？"中年妇女有些急了，问。

老婆婆笑了一下，说："这次是去给他们当乡长。"

一下子，中年妇女不知该说什么了，张着嘴，一下子找不出话来了，她想不到面前的老婆婆当年竟然是个乡长。"真看不出您是个乡长。"中年妇女说。

"当乡长有什么好，整天陪上边的领导喝酒。"老婆婆不想说这些了。

车这时候又到了一个小站。站台的水泥地面亮得像是抹了一层油，雨还在下，虽然不大。中年妇女看到了鸡，站台上居然有一群鸡，也不知是小站养的，还是从附近人家跑过来的，正在站台上啄食什么？是什么？是粮食，火车运粮食，粮食撒在了站台上，这一群鸡在那里啄粮食。还有两个人，站在小站遮雨篷的下边，不知是在等哪一趟车，其中一个人在东张西望，一个人只顾低着头看自己的手，手上有什么？是手机。车停了一下，很短暂，也没人下去，也没人上来，车猛地一挺，又一挺，"轰隆"一声，又动了起来，此刻火车的每一声轰隆，倒像是叹气，这小站也实在是太冷清了。

"您那时，威风吧?"中年妇女说。

"喝酒啊，可把人给喝坏了。"老婆婆说好在后来又调到了县上，就不喝了。

"到县上？"中年妇女说，"到县上做什么？"

"做副县长。"老婆婆说也没啥意思。

中年妇女就更吃惊了，张大了嘴，两只眼睛定在了老婆婆的脸上，想不到面前这个剪发头老婆婆这么不简单！居然还当过副县长，这简直是要把她吓住了。她看着老婆婆，真的一时不会说话了，不知道该说什么。或者是该再问什么。火车轰轰地开着，声音忽然大了起来，是在过那个桥，这座桥有个名字叫"长风桥"，但人们都叫它"大长"，因为它很长，是这一带最长的桥，离这座桥不远还有一座桥，人们把那座桥叫作"二长"。而中年妇女心里想着的却是别的事，想的却是自己的老娘，中年妇女忽然笑了一下，想起自己老娘当时是村里的计划生育小组组长，自己还小的时候，就只记着一件事，是娘总是拿着避孕套去给大家发，或是给她一个，让她到一边去吹着玩儿。这么一想呢，忽然就觉得跟眼前这个老婆婆更亲了。但自己的老娘怎么能和眼前这个老婆婆相比呢。自己的老娘当计划生育小组长最风光的一次也就是去县城里开"三干会"，那一次，娘还把她带了去，正式开会的时候自然不能带她到会场，娘就把她

146

安顿在一个亲戚家里。那次娘带她去百货商店开了眼，用误工补助的钱给她买了些红红绿绿的糖豆子。这件事，她总记着。

老婆婆去了一下厕所，从车厢另一头回来时，一边看着车窗外一边说这雨可下成了，下车的时候弄不好还要下，"云盖百里天。"老婆婆说。

"下车有人接没?"坐下后，老婆婆问中年妇女。

中年妇女说："我已经告诉我那个了。""我那个"就是她的丈夫，这一带都把丈夫叫"我那个"，丈夫也把自己老婆叫"我那个"。——"我那个。"男女都这么说，大家也都懂，从来都不会出什么错。

"那就好，外面下着雨着呢。"老婆婆说。

"就是不知道我那个死货会不会带把伞。"中年妇女说。

"一岁零几个月了?"老婆婆用手摸了一下澳门。

"一岁零五个月了。"中年妇女说。

"从小就吃你的奶?"老婆婆说。

"刚加了点米糊。"中年妇女说要不再大点就什么都不吃了。

"在哪生的?"老婆婆说。

"赶不及了,生在乡卫生所。"中年妇女说,有点不好意思了,为了这样的经历,有这样经历的人现在毕竟不多。

老婆婆说:"除了吃点米糊就不给吃点别的什么?"

"可爱吃鱼呢。"中年妇女说得把鱼煮得稀烂稀烂。

"他爸姓啥?"老婆婆说。

"叫周福生。"

"宝宝小名儿呢?"老婆婆说。

"澳澳。"中年妇女不好意思了,不好意思说"澳门","澳门"可以说是一个名字吗?她还想告诉老婆说自己还有一个呢,那一个叫香港,但她没说,生二胎在乡下罚得很厉害。

"宝宝大名儿呢?"老婆婆又说。

"还没起呢。"中年妇女想想,说。

老婆婆看了一眼中年妇女,这一眼看得可真厉害,老婆婆说:"现在二胎不像以前那么严了。"

中年妇女不再说话,侧身,要让老婆婆进去坐,靠窗坐下。

"什么血型？"老婆婆又问。

中年妇女想不起来了，她都不知道自己是什么血型。

老婆婆却把话一转说她的孙子，说她孙子一生下来后背上就有一大块青记，"是不愿意来，让阎王爷戳了一指头才来的。长大了要想当空军都不行。"

中年妇女说："不会吧，身上长块儿记就不让当空军？"

"你这宝宝没记吧。"老婆婆说干干净净好往天上飞。

老婆婆的话又让中年妇女高兴起来，她说"澳澳"是光溜溜的一个小子，身上什么也没有，只是一个耳朵比另一个朝外。她这么一说，老婆婆就侧过脸细看了一回，还摸了一下，把两只耳朵对比了一下，可不两只耳朵不一样，不说还看不出来。老婆婆说睡觉的时候压一压，也许就压回去了。"小孩儿都是十八变，小时候再不好，大了就什么都看不出来了。"老婆婆又说："但也有小时候一点点都看不出来，一到长大毛病就都出来了。"

中年妇女知道老婆婆在说什么，朝那边看一眼，想安慰一句，却找不出话来。

老婆婆的那个精瘦的儿子在那边正看别人出牌，嘻嘻地笑，怎么看，都不像是有毛病的人。

"人活着就这样子。"老婆婆叹了口气说。

这话什么意思呢？中年妇女在心里想。

这时卖货的小车推过来了，停了一下，轰隆隆又推过去。又停下来，有人在买什么。另一头，乘警又出现了，喊谁呢，大声喊，"听见没，都不许在车厢里抽烟！都掐了！"被说的人就站起来纷纷往过道走，咳嗽、吐痰，擤鼻子，说话，笑。他们在那边抽烟，烟又从那边漫过来，漫进车厢。

火车像什么？有时候倒真像是一条热闹的里弄，热闹、乱、无序，也充满了该有的烟火气，方便面的味道，烧鸡和酒的味道，还有小站送上来的菜包子的味道，端午节的时候，又是粽子的味道，中秋节，月饼也绝不能少。既在车上，虽非邻居，但这边座儿的孩子会"扑通、扑通"跑到座儿那边去，那边座儿的人会走过这边来围观这边的牌局，里弄还不就是这么个意思，是你

150

来我往。我的中学同学毛车生，那时候一直没问过他为什么叫"车生"，后来才知道他居然是在火车上出生的，他发奋学习，立志要在火车上工作，现在已是一位列车长了，如果把火车比作是一条里弄，那他就是里弄的街道主任。如果从始发站到终点站路途远一点呢，这些"里弄"的乘客不但已经成了邻居，不但会互相传递各种大道和小道的消息，而且，也许还会把自己的私房话都告诉对方。但是，马上就要到终点站了，这暂时建立起的各种关系便就此宣告结束，也有不愿就此分手的，便互相帮着出站，行李少的帮着行李多的提一下行李，帮着抱一下孩子。不知道他们关系的人还以为他们真是一道来的。

中年妇女坐的这趟车，从里八庄到风冈，不算太长，也不能算短，行程恰好是一天一夜。好了，风冈马上就要到了。车上有对风冈站熟悉的，他们看到那条河了，在雨里汤汤地流着，白晃晃的。熟悉这一带的人马上就说起这条河当年水有多好，河两边的稻子有多好，这河两岸的大米又是如何如何好吃，要比天津的小站大米好得多。可现在全完了，全给金矿污染了，没人种大

151

米了，就是种出来也没人买。对风冈站熟悉的乘客说差不多该收拾收拾了，已经到了。一个人开始从行李架上往下取东西，别的人就也都跟着忙起来，好像不这样就下不了车了。一天一夜，这车整整跑了一天一夜，时间不算长，但也绝不算短，怎么就过得这么快呢。

中年妇女没多少东西，只有那一个提包，她还没顾得上从行李架上往下取，老婆婆已经让她儿子帮她取下来了，并且，帮她拎着。其实离车到站还会有一阵子，但人们却都站了起来，站了一会儿，看看还没到，又都坐下来。火车的速度明显慢下了来，车窗外出现了房子，楼房、平房，又是楼房，还有水塔，水塔上有标语，没等让人看清，一下子又过去了。又是一堵墙，红砖墙，墙上用那种蓝得不能再蓝的颜料刷着广告，是有关压面机的，人们果真需要那么多压面机吗？火车更慢了，一下子，人们的眼前一暗，是火车进了站台，人们再次站起来，这一次是真到了，站起来的人此刻动了起来，往车厢门口那边挪。这时候，中年妇女也跟着往外走，她的身前是老婆婆，帮她提着那个包，还有老婆婆的孙子。她的身后，是老婆婆的儿子和其他那几个人。

他们护住了她陪她下车，这真是让她更加感动，在路上，真想不到还会碰到这样的好人。

中年妇女下了车，别人也都下了车，都往前走，往一个方向走。要再过一个通道，通道里一点都不暗，墙上有灯，还有一个又一个的广告箱，通道就在这一片的灯光中慢慢上升，渐渐更亮了。前边传来的声音也大起来，嘈杂起来，嗡嗡的都是人声。有不少接站的人站在出站口，他们之中，有人还打着伞，雨不算大，但还下着。又是一阵挤，你挤我我挤你，但一旦被挤到那不锈钢的过道里也就不挤了，也就出了站了。中年妇女就这样出了站，她想着应该怎么跟这个老婆婆和她的儿子孙子说句告别的话，因为她和老婆婆都已经从出站口走了出来，雨虽下着，却根本就不用打伞，是一丝一丝的小雨，就跟没有似的。

中年妇女又把手伸进去，想给老婆婆的孙子再掏一个苹果，却忽然听到老婆婆对她说："好了，就到这里吧，把咱孩子给我，让你累了一路。"

中年妇女的脑子"嗡"的一声，瞪大了眼睛，怎么回事？老婆婆什么意思？中年妇女看着老婆婆，一时反应不过来，也许是，老婆婆在对别人说话，但周围又没有别人。

老婆婆又说了一句："把咱的孩子给我，辛苦你抱了一路。"

中年妇女这才觉得是有问题了，"孩子？"

"把孩子给我。"老婆婆又说，一下子，声色俱厉。

中年妇女脱口说："你说什么？"

老婆婆已经扑上来，开始解兜孩子的兜布，她要把兜布解开，把澳澳抢过来。

中年妇女把身子扭过去，用手护着，大声喊："干什么、干什么、干什么？"

老婆婆也大声喊："把孩子还给我！"

"干什么、干什么、干什么？"中年妇女大声说。

中年妇女觉着自己是不是碰上神经病？在车上，老婆婆刚才还好好儿的，看不出什么，怎么现在一下子就变了。她几乎是，用求救的眼光看着和老婆婆一道的那几个人，她想问一下老婆婆是不是有病？怎么会这样？会不会是突然又犯了。中年妇女到此时都没意识到这是一伙什么人。她想不到那几个人也突然都说，"快把孩

154

子还给咱娘，还给咱娘！还给咱娘！"

周围的人，怎么说呢，已经有人停了下来，看着她们，看着她们在争夺孩子。他们以为，中年妇女和老婆婆是婆媳两个，不和了，起争执了，这时候老婆婆的孙子也大叫起来：

"把我弟弟还给我奶奶，你这个大坏人！"

"看看看，也不看看是什么地方！"有人说，走开了。

怎么说呢，中年妇女静了一下，她想让自己静一下，想看看这究竟是不是个梦。但那老婆婆下手很重，又是拽又是扯，只是中年妇女用来兜孩子的兜布绑得太结实了，一下子扯不开。这时候围得人更多了，但最靠近中年妇女的是跟随老婆婆的那几个人，他们把中年妇女围在中间，死死围住，也都动了手，一个人拉住中年妇女，另一个在帮着老太太结扣，但那兜孩子的兜布的结打死了，澳澳受了惊吓，尖声大叫起来。那边是越急越解不开，中年妇女这边是又推又搡。中年妇女觉得自己像是仍在一个梦里。"警察，警察。"她忽然喊起警察来，警察就离她不远，是两个年轻警察，在说话，在笑，一个指着旁边的什么让另一个看，另一个就笑得更厉害了，这两个警察往这边看了一下，又接着说他们的话。中年妇女给那几个人死死围住了，任她怎么喊，那两个警察根本就不知道这边的一群人在做什么。车站上向来这么乱，更何况人家是一家人在那里乱，又是婆婆，又是媳妇。

"福生！福生！"中年妇女忽然喊起她丈夫的名字来。

"把咱的孙子还给我！"老婆婆并没有压低声音。

"哪个是你的孙子！"中年妇女大声喊，声音都喊岔了。

"还我的孙子！"老婆婆揪扯住中年妇女，但那个扣就是解不开。

"放开、放开、放开！"中年妇女往外冲了一下，马上被那几个人推回来。

"把孙子还给他奶奶！"其中的一个说。

"把弟弟还给我奶奶，你这个大坏人！"那孩子也跟上喊。

"福生，福生！"中年妇女已经和自己丈夫约好了，要他来接站。

"把我弟弟还给我奶奶！"那孩子又喊。

中年妇女忽然听到了熟悉的声音，是她丈夫福生的声音，他也在找她，她丈夫在叫她的名字，她丈夫来接站了，已经听到了她的声音，但就是看不到她的人，也急了，又喊了几声。中年妇女猛地答应了，这一声真是怕人，像是给什么噎住了，却又被从嗓子里冲出来的力量把那要堵住她的东西一下子冲开了。

中年妇女的丈夫这下子听到了，他听到了自己媳妇就在前边的人堆里。

"怎么啦？怎么啦？"中年妇女的丈夫把这些人猛地一下一下推开。

其实不用推，中年妇女的丈夫一应声，老婆婆那边就马上松了手，并且，马上就四下散了。只是老婆婆的孙子慢了一步。

中年妇女突然扑向老婆婆的孙子："你小小年纪怎么跟上干这种坏事？"

老婆婆的孙子被谁猛地一拉，不见了，能听到的是这个孩子突然爆发的哭声，声音很尖，但马上消失掉，像是给什么一下子塞住。

"出什么事了？"中年妇女的丈夫也有几分惊慌，他

157

以为他媳妇给人抢了？他出现了，他也受了惊，脸上的肌肉一跳一跳，这是个高大的男人，瘦瘦的，剑眉，连脸上，怎么说，都好像是肌肉。他没拿伞，穿着两股筋的背心，下边是一双黑灯芯绒的布鞋。没穿袜子，手里是一根很长的木棍，用来挑东西的。他看看这边，再看看那边，他不知道出了什么事。

"什么事？"做丈夫的蹲下来，"怎么跟人家打起来了？"

中年妇女身子软得再也站不住，她一屁股坐在了那里，地上是湿的，到处是水，她放声大哭，怀里是孩子，万幸孩子还在。

"怎么回事？"中年妇女的丈夫说，"他们是不是想抢你？"他看看四周，那几个人早已不见。

中年妇女哭得更厉害了，她是越想越怕，一时不知该怎样说起。

"那几个人怎么啦？"做丈夫的又问，说，"到底怎么回事？"地上是水，他想用一只手把自己媳妇搀起来，他感觉到自己媳妇浑身都在颤抖，像触了电，不停地颤抖。有人停下，朝这边看，又走开，又有人停下，看，

158

也走开了。谁也不知道这两口子发生了什么事，是在干仗？但这不是地方，这是车站，车站是干仗的地方吗？

车站上，照旧是一片忙碌。那么多人，不是从外边刚回来就是马上要离开此地。所以个个都行色匆匆，所以谁都不顾谁，谁都没心思管别人的事，他们的目标只有一个，上车，回家。或，下车，回家，没家的，也在心里想，赶快去什么地方找个便宜的旅馆，这雨要是下得再大呢？得赶紧走。所以，人们的脚步迈得就更快了，车站一带，就更加的乱。怎么说呢，要是不乱，车站也就不是车站了。

雨下着，又起了雾，周围在渐渐模糊起来。连车站上边"凤冈站"那三个字也很快模糊掉，雨下大了。这"凤冈"两个字原来是"凤冈"，这就说通了，也像是比较好听。"凤冈站"过去，就是"小龙冈站"，只不过那个站比"凤冈站"要小多了，在那里上车下车的人自然就更少，那个小站也就更清静。

为什么不去跳舞

怎么说呢，小古和美芳现在有麻烦了，小古那天回家，一进门就站在那里傻笑，美芳就说你怎么了，出什么事了？吃饭的时候，小古才很不好意思地对美芳说自己被解雇了。小古还用手轻轻摸了一下美芳的肚子，那里边，他们的孩子已经有三个月了。

刚开始那些天，小古几乎天天都往外跑，看看能不能找到什么事做，和他一起到处跑的还有王鹏，王鹏和小古在一起工作了五年多，更主要的是他们经常在一起跳舞，他们那时候，再加上美芳，三个人经常一起去跳舞。小古和美芳就那么跳来跳去终于跳在了一起，而王鹏到现在还没有结婚。王鹏对小古说："这下子，想不到我的日子倒比你要好过了！"这话让小古心里好一阵子

160

乱跳。王鹏说："好在你老婆还有工作，你老婆还能养你一阵子。"王鹏这么一说小古就更急，小古说自己得马上想个办法，"美芳肚子里的孩子真是来得太不是时候了。"

那天小古留王鹏在家吃炸酱面，美芳这些天做饭总是心不在焉，酱在锅里有点炸煳了。小古和王鹏在屋里都闻见那股煳味儿了，但他们不关心这事。他们说他们的事。

美芳给吓了一跳，她听见小古和王鹏在屋里小声说银行的事，小古说银行里的摄像探头一般都会在最隐蔽的地方，只要把线弄断就行了。王鹏说最好找到那根主线，只要找到主线所有的探头就都不会起作用了。美芳给这句话吓了一跳，她停下手来，窗外树上那只鸟还在叫，像是有点冷得打哆嗦那个劲儿，"嗒嗒嗒——嗒嗒嗒——嗒嗒——"这只鸟在窗外叫了好长时间了，连小古都不知道这应该是只什么鸟，它藏在树叶子里，谁也看不到它，小古说这肯定是一只从南方飞来的候鸟，因为本地的鸟根本就不会发出这种烦人的叫声。除非它真病了。

美芳停下手里的活儿，悄悄站到了厨房门口，她侧着耳朵，想听听小古和王鹏都在说些什么。小古继续说他的，说要想做那事最好还得搞两支枪，哪怕是假枪都可以，王鹏说超市就有卖假枪的，看上去和真枪一模一样，分量也不轻，还能打出火儿来。到时候要是有人真的冲过来怎么办？小古说不会吧，一般人胆子没那么大。王鹏说保安呢？小古说银行的保安可是有真枪，他们的枪可不是玩儿的！这时那只鸟又飞到南边去叫了。这只鸟让小古暂时换了一下话题，小古说："我跟你说过的就是这只鸟，你听听它叫得有多么难听。"王鹏说："不会是'黄道婆'吧？'黄道婆'叫得就不好听。"小古说："它是不是病了？这叫声多少有些不大对头。"王鹏说："鸟发了情有时候就这么叫，真是难听极了。"小古说："女人叫床也很不好听？"王鹏再小声说了句什么，两个人就开心地笑了起来。

"我现在太缺钱了。"小古说。

王鹏说："钱这种东西谁都缺，谁都永远不会有个够，有多少都不够。"

162

"我说什么都得搞点钱了，为了孩子也得这么做。"小古说只要抢一次，一辈子都够了。

"抢银行是个技术活儿。"王鹏说，"咱们最好先看看书，看看书上怎么说。"

小古就笑了起来，"书店里不可能有教你怎么抢银行的书！"

"那咱们就看看外国片。"王鹏说到时候得在脸上套只女人的臭丝袜，要不就戴个假面具，假面具超市里到处都是。

美芳装作什么也没听见，她把面条儿用那个粉色的塑料托盘端过来，碗在托盘里互相碰来碰去，她的手不知为什么忽然有点儿抖，她也不知道自己为什么就控制不住自己的手。一见美芳过来，小古和王鹏马上就说起别的什么事来，说文化宫跳舞的事，说现在好多没事做的人都在那里找乐子，文化宫为他们提供这种免费娱乐主要是为了让他们消磨时间，不让他们乱想别的事，让他们忘掉最低生活费给他们带来的痛苦和不安。

美芳也坐下来，她想让自己平静下来，"你们怎么不也去跳跳舞？"

"好家伙，青岛啤酒？"王鹏说。

美芳把火腿肠朝王鹏那边推推，说自己现在不能喝啤酒。

王鹏说啤酒又没什么度数，这个火腿肠味道很好。

美芳夹了一片火腿肠。"跳舞挺好，也算锻炼身体。"

小古和王鹏就大笑了起来。

"那么胖的女人！"小古说，"不会是越跳越胖吧？"

美芳说："你说什么女人？有多胖？"

小古说那天在文化宫看到的一个胖女人。"要多胖有多胖。"

"像面发起来一样。"小古比画了一下。

王鹏笑了起来，"地板那么光，她要是摔倒了，她的舞伴肠子也许会从这地方给压出来。"

美芳也忍不住笑了起来。"是不是像超市那个收款员？往起一站把塑料椅子都会给带起来！还得让别人抓住椅子从她身上往下拉。"

"比那个胖多了，"小古说，"那种胖你见都没见过。"小古站起来，"跳一下，颤一下，跳一下，颤一下，浑身每一部分都在颤。"小古又比画了一下。"这地方，这地方，还有这地方。"

王鹏就再次笑了起来，拍了一下手，"总而言之，浑身每一部分都在颤!"

"跳舞有时候也能减肥。"美芳说。

小古不笑了，喝了一口啤酒。"发愁没工作是世界上最好的减肥方法。"

美芳也不笑了，他们也不再说话，屋子里满都是吃面条的声音。

"不过我也许很快就会有一大笔钱。"小古忽然又开了口，瞅了一眼王鹏。

美芳的心就"砰砰砰砰"乱跳了起来，"你们最好还是去跳舞吧。"

吃完饭，小古和王鹏各自端着茶杯去了阳台，阳台上美芳种的晚饭花一副倒霉相，叶子被飞来飞去的鸟啄得七零八落。"也许就是那只鸟干的。"小古说，顺手把阳台门从外边推上了，他不想让美芳听到他们的谈话内容。阳台下边，那片很窄的绿地上，有一个人在不停地走来走去，好像是在找东西，仔细看，是个学生，也许是在那里背英语。

美芳没跟着去阳台，她心不在焉地先喂了一下猫，其实是只看了一下那个塑料猫食碗，里边的猫食还在，一点点撕碎的白菜叶子，还有各种颜色药片样的猫粮，还有鸡肝，鸡肝已经不新鲜了，都变色了，颜色黑不黑灰不灰。美芳想了一下，还是决定不给它换，也让它节省点儿，要节省大家都节省点吧。她在心里说。美芳看猫食的时候那只猫轻轻走了过来，猫最近也瘦了，猫在美芳的手上蹭了一下，又蹭了一下，这是示好，或者是它饿了。关于猫，小古跟她说了好几次，要她抽空看看那本《健康》杂志，那本杂志上说家里有小孩儿最好不要养宠物，宠物会把一种肉眼根本就看不到的寄生虫传到小孩儿身上。美芳倒是不太担心这种事，她担心小孩生下来以后会不会被小猫袭击，比如说抓一下或干脆猛地咬一口。有时候美芳会长时间地抱着小猫想心事，想该不该把它送人，想到时候猫会不会从那张婴儿床栏上一下子跳进去，但这会儿美芳的心思不在猫身上，她的心在阳台上，她想知道小古和王鹏在阳台上都说些什

166

么？这让她很担心。

美芳可以看到小古和王鹏都背朝着屋里，两个人都面向外趴在阳台生了锈的铁栏杆上。

"放心，那种枪和真的一模一样。"王鹏说。

"像真的就好！"小古说，"世界上就没有不怕枪的人。"

美芳更担心了，她一手抱着猫一手推开了阳台门，"你们俩去跳跳舞吧，要不我跟你们一起去。"

小古回过头说待会儿他们还要去一下书店。看看书店里都有些什么书。

美芳马上就想到他们是不是要去买他们说过的那种书，想笑，但笑不出来，"你们要买的那种书也许还没写好！"

王鹏看着小古，拍了一下手，笑着说，"好家伙！"

王鹏有几天没来找小古了，但美芳知道他们天天在通话，她很留意他们都在说些什么，她的担心这几天更厉害了。这天下班回家，美芳发现小古在沙发上睡着了，头在这边的扶手上枕着，两只光脚在那边的扶手上

167

搭着。胸口上放着一本挺厚的书，美芳过去的时候小古还没有醒过来，她弯腰看了一下那本书，书名让她吓了一跳：《爆破学》。美芳不知道小古为什么会看这种书。吃饭的时候，美芳问小古为什么会看那种书？随便什么书都要比这种书好看。小古说："你说什么书？"美芳说："就你躺在沙发上看的那本书。"小古说："那可是大学问，以后用到爆破的地方会越来越多。现在有一种炸药，就这么大一块儿。"小古从手里的馒头上掰了一小块儿，给美芳看了一下，说："就这么大一小块儿炸药，而且还是软炸药，可以用手捏成各种形状，只要把这种炸药贴在什么地方，一下子就能把什么地方炸出个大洞。"小古已经把那一小块儿馒头用手捏了捏粘在椅子靠背上了。美芳都好像是看见那把椅子已经飞了起来。好像这还不够，小古又把他放在餐桌上的塑料打火机拿起来对美芳说："就这种打火机，最怕给太阳晒，晒一会儿它就会自动爆炸，和定时炸弹差不多，还神不知鬼不觉。"

这时候家里的电话响了，小古马上跳起来光着脚去接电话，美芳盯着小古那两只光脚，盯着它走过地板，盯着它走过那张刚刚买来不久的婴儿床，那张床好像是买得太早了，人们都在笑他俩是不是太心急了，肚子里的孩子才三个多月。美芳盯着小古光着两只脚站在那里接电话，没了工作以后，小古好像对什么都无所谓了，在家里经常连拖鞋都不穿就走来走去。美芳看着那边，听声音，她知道电话肯定是王鹏那边打过来的。她很留意小古在电话里和王鹏都说些什么。小古对电话那头的王鹏说干这种事必须要找到银行的建筑图纸，必须要精确，小古忽然笑了一下，说建筑图纸当然重要了，要是把炸药粘在保安待的地方，一下子从里边炸出几个大保安那可是个大笑话。王鹏好像也在电话里笑了起来。

小古和工鹏在电话里说了好一会儿话，然后继续回到桌边吃饭。

"你们说什么？"美芳问小古，她完全没了食欲。

小古说他们在闹着玩儿，他低了一下头。"饭粒儿怎么粘脚上了？"

"我可不愿你们出大事。"美芳说。

小古说："有了钱你想要什么？是不是先想要套房子。"

"我什么也不要。"美芳说："要明白你自己是有孩子的人了！"

"他来得太不是时候。"小古说。

美芳已经把手放在了自己那地方，只有她自己知道那地方时时刻刻在日新月异。

"电视该换一下，电冰箱也要换一下，咱们家电冰箱要多臭有多臭！"小古说，"有一种电冰箱简直就是一间屋子，门就像咱们家的门这么大，不知道的人还真以为那是一间屋。"

美芳心里想，那么大的电冰箱该放多少东西？她也见过很大的电冰箱，是她的朋友李如锦花店里放花的冰箱，就是一间屋子，人可以走进去，里边要多凉有多凉，各种空运过来的花就放在那里边。但她就是不知道那种放花的电冰箱能不能冷冻东西？要是能冷冻，也许放一两头牛都可以。

"我的电脑也该换了，主机有毛病了。"小古说，"这台电脑总他妈死机！"

"你们到底想做什么？"美芳说，"你就是不说我也知道你们想做什么。"

小古把粘在脚上的米饭粒儿用手指一粒一粒弄下来，两眼看着美芳。"你是我老婆，我当然有什么话都不会瞒着你，不瞒你说我现在天天都在想怎么抢银行。世界上抢银行的人多着呢，不见得个个都会被抓住，抢一回一辈子都够了，咱们太缺钱了!"

美芳听见自己的声音都变了，"咱们有孩子了!"

"这就是最大的麻烦。"小古说。

美芳大声说："你不能跟王鹏比! 他是一个人过日子!"

"这种事，我早就想好了，"小古说，"抢银行之前咱们也许会来个假离婚，到时候就不会牵连你了，对孩子也好。"小古说这事自己已经想了好长时间了，一个人要连这种事都不敢想的话活着也太没劲了，也许只有这条路来钱最快，只有这件事现在最让他上心，小古又说了一句："现在我最想的就是去抢银行!"

这时候厨房里的壶突然尖叫了起来，声音真是尖锐，这突然而至的响声吓了他们俩一跳。小古跳起来光脚去了厨房。过一会儿他又从厨房出来，他给自己点了一支烟。

"我跟你说着玩呢。"小古对美芳说。

"你别害怕。"小古坐下来，他把手放在了美芳的肚子上，那地方很温暖，也很柔软，"你是不是怕了?"

"我看你们是不是疯了。"美芳站起来，去了厨房。

"疯子从来都要比正常人的日子好过。"小古跟在美芳的后边，"我不能让你过上好日子就因为我太正常了，一个人太正常不好，是最大的坏事，要知道，你挣不多，我又没工作。孩子这会儿又来了，我得想个好办法，弄钱的好办法。"小古跟着美芳走到厨房门口，待了一下，又光脚回到他的沙发上。

美芳再从厨房里出来的时候发现小古又躺在那个沙发上了，头枕在这边的扶手上，两只脚在另一头的扶手上，书在半空举着。

"你没事去跳跳舞吧，别总在家里胡思乱想看这种书。"美芳说。

那本举在半空的书不见了。"没意思，那地方都是些老头老太太。"

那本书又举了起来，"炸药是个好东西。"

美芳把那本举在半空的书打了一下，书掉在了小古的脸上。

"我让你看！"美芳说。

小古从沙发上跳了下来，说，"我也让你看看！"

美芳看着小古光着脚从电冰箱后边拿出一个她从来都没有见过的大纸盒子，一支枪从里边露了出来。"不告诉你，你永远不会知道它是假的。"小古说什么是夫妻，夫妻就是有什么都不能瞒着对方。"要是抢到一大笔钱，到时候你还可以做些慈善事！"

"你就不怕我把你们告了？"美芳听见自己的声音在发抖。

小古看着美芳，眼睛瞪得很大，他把枪放了下来，说关于这一点他早就想过了，被关在里边倒省心，不用整天都想着找工作和孩子生下来怎么往大长的事，小古说自己连送报的事都去试过了，还有，自己这么年轻，连下夜那种连性生活都无法正常进行的工作都准备去做了。但自己就是什么事都找不到，四处碰壁。

"只有他妈抢银行了。"小古说在地球上每天还不知道要发生多少起这种滥事。小古又把那支和真枪一模一样的玩具枪包好放在了盒子里，又把它塞到了冰箱后边。

美芳心想自己非得把这支枪给扔了，但她嘴上说："你没事去跳跳舞，那么多人没事在那里跳舞你就不能也去跳跳？"

"那需要好心情。"小古说自己现在已经没那种心情了。

"要不就去收收旧家具？"美芳的眼睛忽然亮了一下，说今天下班看到有一家人在卖家具，在他们自己家里卖，卖得很便宜，这家人据说要出国了。美芳说自己还进去看了一下，都是一些很不错的家具。

小古没说去，也没说不去，又躺在了沙发上。

"咱们不会卖家具吧？"小古在沙发上说，"不过，咱们那张小床也买得太不是时候了。"

"咱们去看看，你不是说想换台电脑，也许那家人正好有电脑。"美芳走过去，两手放在沙发的靠背上。

"'轰'的一声，一下子就炸这么大个窟窿。"小古的两只手举着那本书，又说。

美芳看着小古，说："王兰怎么样？我给你约一下，你和她跳跳怎么样？"

"我现在对跳舞没一点点兴趣。"小古说。

"我陪你去，你们跳，我在一边看。"美芳说。

"我不想去。"小古说。

"今天晚上就去。"美芳觉得这事很重要。她站起来，你总不能整天在家里待着胡思乱想看这种书。

小古坐起来一下，然后又躺了下去，两只脚又搭在了沙发的扶手上。

"你必须去。"美芳说。

"咱们那张小床买得太不是时候了。"小古又说，"孩子也来得太不是时候！"

"你必须去！"美芳也大声说，连她自己都觉得，声音有些过头了。

美芳去了卫生间，洗脸池在卫生间里，还有那面圆形的镜子。她想自己应该简单化一下妆，她把镜子用湿毛巾擦了一下，她盯着镜子里的自己看了好一会儿，她往后站了站，侧了一下身，这样一来她就可以在镜子里看到自己半个身子，她把衣服往起撩了撩，这样她就可以看到自己的肚子，她看见镜子里自己的手在肚子上慢

175

慢移动了起来。美芳觉得自己像是要流眼泪了，这么一想，眼睛里果然就有了眼泪。她觉得自己已经打定了主意，也许，也许，也许孩子来得真不是时候？她这么一想，眼睛里的眼泪就更多。这时小古把卫生间的门从外边推了一下，推开了，从外边进来，他说他要小便一下，他从镜子里看了一眼美芳，他一边解裤子一边说要是有了钱就送她一个比这个卫生间大十倍的卫生间，里边起码要有三四面镜子。小古站在那里，却一点儿都尿不出来，他明白自己进来只是为了看一眼美芳。

"我只不过是想想，我不那么想想心里就更难过。"小古说。

"你跳跳舞就会好了。"美芳说。

小古站在那里，奇怪自己怎么没一点尿意？他明白自己又忘了喝水，他现在总是忘了喝水，好长时间了，他习惯了天天早上喝一大杯水，但一没了工作，一切都变了。

"我只撒这么一点点，我是不是病了？"小古说。

"你跳跳舞就好了。"美芳又说。

"我没那心情了。"小古说。

176

"你没跳怎么知道自己没心情？"美芳说。

"也许……"小古说，"我也好长时间没看你跳舞了。"

美芳很喜欢看小古跳舞，小古的舞姿十分好，他慢四跳得特别有韵律，他跳慢四的时候总是有不少人停下来围着看。因为这一点，小古就特别爱跳舞。为了跳舞，他和美芳做爱的时候总是很小心，他总是先把自己给小心翼翼套好，然后才进入美芳，直到三个多月前，他们才觉得应该有个孩子了，但那时候他们怎么也想不到小古会一下子就没了工作。

"跳舞跳不出什么，但你想让我去我就去。"小古说。

"你躺在沙发上瞎想也想不出什么，跳跳舞心情就会好了。"美芳说。

"不是跳跳舞心情就会变好，而是心情好了才想跳。"小古说，"反正你让我去我就去，要是碰到那个跳一下就颤一下的胖女人也许我真会开心起来。"小古笑了一下，甚至想，要是和那个跳一下就颤一下的女人上床做做爱又会是什么感觉？小古又笑了一下。甚至想，要是那个跳一下就颤一下的女人在做爱的时候骑在自己上边，自己还能不能喘过气来。

"那咱们就去吧。"小古说跳舞怎么说也不是一件坏事。

小古和美芳这天晚上很晚才从文化宫回来，小古很吃惊也很沮丧，简直是十分的沮丧！他发现自己居然跟不上舞步了，即使是自己最拿手的慢四也跟不上，自己好像把跳舞的事全都给忘了，什么时候该出哪个脚都弄不清了，有几次还踩了舞伴的脚，他不知道自己是怎么回事？怎么回事？到底是怎么回事？后来他干脆不再跳，一直坐在那里看着别人跳，有一搭没一搭地和美芳说话，直到他们不能再坐下去，因为最后一班公共汽车是十点半，他们要坐最后一班公共汽车回家去，很长时间他们都不敢打出租了。这时候坐公共汽车的人不多，上了车，两节车厢里只有零零散散那么几个人。

小古和美芳坐在靠窗的座儿上，两个人都没话，忽然一下子都没了话。两个人虽然都想找话，但忽然都没了话！车外边的街灯都亮着，一闪一闪地闪过去。车外边，一家一家的大饭店也都还亮着，还有别的什么商

178

店，还有橱窗里那些银光闪闪的男模特儿。小古呆呆地看着车窗外，一只手轻轻搭在美芳的肩上。美芳把身子缩起来，好像是怕冷。她不说话，她也想找话，但她现在是什么话都找不出来。她知道小古心里肯定是有麻烦了，一没了工作，什么都变了。她把手放在了自己的肚子上，只有她自己能听见自己在低低抽泣。小古的脸此刻还朝着车窗外，车要朝东拐了，拐过去是那家银行，过了银行就快到家了。

小古把脸凑近了美芳，小声说，"你说我刚才跳舞想什么？我想让自己跳好，但我怎么也跳不好，我好像不会了，一步也不会了！"

"没关系。"美芳说。

"我一步也不会了，出哪只脚都不会了！"小古又说。

"没关系。"美芳伸出手，把小古的那只手握住，摇了摇。

"我怎么回事？"小古再次说。

"没关系。"美芳也再次说。

她的另一只手，紧紧按着自己那地方。

"没关系。"她又说。

"你怎么了？"小古把脸几乎贴在了美芳的脸上，他发现了什么，这回是他轻轻在说："没——关——系——"

"靠住我。"好一会儿，小古又说。

"我要你没事跳舞！"美芳说。

"好，跳舞。"小古听见自己说。

小古的另一只手也被美芳握住了。

"好，跳舞。"小古又说。

这天夜里，美芳一觉醒来，发现小古还在沙发上躺着，侧身朝那边躺着，他不知什么时候醒了，或者他根本就还没有睡，他侧着身子，面对着电视，电视还开着，屏幕上什么都没有，只有密密麻麻闪闪烁烁的雪花，还有"喳喳喳喳、喳喳喳喳"的声音。

猪　王

怎么说呢？一开始，人们都不在意刘红桥养了那么一头猪。

在村子里，你养一头猪，他养一头羊，或者是，只要你喜欢，忽然养了几百只鸡或鸭，人们都不会觉得奇怪，人们谁都不会把这种事放在心上，放在心上的也许只有养猪养鸡养鸭的这家主人，只有他们关心他们的猪长不长，关心他们的鸡是不是已经快到下蛋的时候了。所以，在一开始，谁也没在意刘红桥养了一头猪。那头猪在小的时候也就是一头普普通通的小白猪，没什么特别，身形细挑且贪吃，总是这里拱拱，那里拱拱，一副永远吃不够的样子。猪呢，可能普天下都这个样子，英国、法国或者是意大利的猪，大概也都概莫能外。人们不怎么注意刘红桥的猪，可能还和刘红桥这个人有关系。刘红桥的岁数呢，都已经七十多了，一辈子这么过下来却还是光棍一个。到了他这岁数，人们也不舍得叫他光棍了，一村的人都叫他红叔，大人小孩都这么叫，其实以他的岁数，早应该是人们的爷。刘红桥的兄弟已经过世，和他同辈的人在村子里也不多了，现在和他住在一个村子里的还有他的一个侄子。他的这个侄子对他特别上心，特别关心他。刘红桥和这个侄子都是出过远门的人，在村子里，人们对出过远门的人像是特别的尊敬。刘红桥和他的侄子刘俊的出远门，也就是到塘沽那一带打工，这打工可不是一般的打工，是搂盐，一去就是二十年，搂出的盐恐怕都有好几车皮。要在一般人，外出打工的雄心壮志就是，一、娶媳妇；二、盖房子。现在村子里都时兴盖二层小楼，许多人都做到了，但刘红桥什么都没做到，一没把媳妇娶回来，二没把房子盖起来。人们都说，刘红桥这个人是怎么啦，在外边浪了二十多年难道什么都没挣下？这就让刘红桥在村子里话一天比一天少，人也一天比一天孤独，他很少去别人那里，别人也很少去他那里。其实村子里的人们未必就会

182

因此小瞧他，再说呢，他的岁数已经是村子里的爷爷辈！刘红桥是自己跟自己别扭，到后来，他连侄子的家都很少去，倒是侄子刘俊经常来看他。来了，互相递根烟，也没什么话，看看屋，看看院场，看看晒在那里的玉米，看看晾在那里的白菜，看看刘红桥的鞋子，看看刘红桥的衣服，有什么地方破了就拿回去让自己女人给补补。日子就这样不知不觉过下来，直到刘红桥养的那头猪出了名。

猪能出名吗？猪怎么就不能出名？刘红桥的猪是越长越大，先是，比一般猪大了些，接着是比一般猪大得多，然后是，这头猪简直要长成一头大象了，大得自己都站不起来，要人帮着它才能往起站，怎么帮，也就是让人推着它，它才能站起来。这样大的猪真是远近少见，因为这头猪，刘红桥家里慢慢热闹了起来，远近的人们都赶来看猪，刘红桥管他的猪叫小白，现在还这么叫。但外边的人却不这么叫刘红桥的猪，人们叫刘红桥的猪"猪王"。自从报社记者来过一次，远近的人现在都知道刘家楼出了猪王。现在乡里开个什么会，来个什么客人，乡长刘庭玉和书记李峰还常常会亲自陪着客人下来看猪王，好像刘红桥的猪王已经成了乡里的旅游节目，再说呢，刘家楼乡也没个什么可以拿出来夸耀的，现在有了，就是刘红桥的这头猪。

村里大小人都知道，刘红桥特别宠爱他的猪，对猪，原是可以用"宠爱"这两个字吗？怎么就不能，刘红桥对猪就是宠爱，什么东西都舍得给它吃，晚辈送他的点心和水果他都舍得给猪吃。别人养猪是为了杀了吃，是为了养肥了卖钱，而刘红桥养猪却好像不是为了这些。没事的时候，刘红桥还总在那里和猪说话，"过来"，"过去"。"吃吧"，"喝吧。"刘红桥的话，那猪王居然像是句句都懂。猪王在刘红桥的家里其实就像是一口人，它在刘红桥家里一待就是十年。刘红桥的这头猪还真是聪明，聪明的有时候简直就和狗差不多，这家伙耳朵又好得出奇，刘红桥还没走到院子，刚刚走到下边那块田里，轻轻咳嗽一声，刘红桥的猪就会听到，而且马上就会在那里"吱吱吱吱"叫起来，这"吱吱吱吱、吱吱吱吱"像是撒娇，且细声细气，让刘红桥听了特别动心，特别亲切，这叫声让刘红桥觉着自己在这个世界上其实并不孤单。因为这头猪，刘红桥后来对猪的

184

叫声就特别敏感，猪这东西，要是你要杀它，它的叫声是从喉咙里直冲出来，一条线似的从喉咙里叫出来，而刘红桥的猪"吱吱吱吱"地叫，是从鼻子里哼出来的，细声细气，又像是打招呼，或者简直就是问候，问候谁呢？当然是在问候刘红桥。刘红桥每天一起来，嘴里先要"唧唧唧唧、唧唧唧唧"一阵子，算是和猪互致问候，刘红桥在那里"唧唧唧唧、唧唧唧唧"，猪在那里"吱吱吱吱、吱吱吱吱"，是一唱一和。村里人就会说：听听听，听听听，刘红桥又在和他的猪说话呢。只是，人们不知道他们在说什么？刘红桥的猪，在小的时候，还会一下子立起来，只要刘红桥拍拍自己的腿，猪就会一下了立起来，把两只前腿搭在刘红桥的腿上，用嘴去拱刘红桥的手，拱啊拱啊，刘红桥手里果然有一个小萝卜头，或者是从道边捡的一个从树上掉下来的干巴了的果子，刘家楼这一带苹果树很多，没人稀罕从树上自己掉下来的落果，这就可以让猪开怀大嚼。刘红桥的猪，再大一些的时候，还会跟着刘红桥出去，在刘红桥屁股后边晃晃晃晃，晃晃晃晃，猪走路可不就是晃，狗是上下颠，猪是左右晃。刘红桥在地里干活，猪就在地头拱啊拱。刘红桥从地里回来，猪就又跟在他后边晃回来，从小到大，刘红桥吃什么这头猪就跟着吃什么，刘红桥把饭做好，先给猪拨一半儿，然后自己再吃另一半儿。到了后来，猪比刘红桥都吃得多，每顿饭都是猪吃多一半儿，刘红桥吃少一半儿。有句话是"同吃一锅饭"，刘红桥和他的猪就是同吃一锅饭！这还是猪王小的时候，到后来，猪王一天比一天大，食量也一天比一天大，刘红桥种了三亩地，红薯玉米再加上几趟子小麦，这三亩地打的粮食到后来都不够猪王吃。刘红桥总是和邻居们借粮食，这让他侄子刘俊很生气，都什么年月了还到处借粮食？他侄子刘俊是怕不知情的人说自己，就那么一个叔，是不是吃不饱？怎么总是东借西借？刘红桥呢，是先要保证猪王有吃的，然后才是他自己，一晃十年过去了，刘红桥什么也没挣下，好像就挣下这么头猪王！刘红桥十年做了些什么事？好像就只做了这么一件事，把一头猪养得其大无比！猪王让刘红桥在心里骄傲得了不得！除了他，谁还能把猪养得这样其大无比，把猪都养成了猪王，但养这么头其大无比的猪却真是给刘红桥带来很大的麻烦，天已经很冷了，一入冬，刘红桥的麻

186

烦就更大，刘红桥的侄子刘俊打定了主意，说什么也要让他叔把猪给卖了。

刘红桥的侄子对刘红桥说："人家的猪在猪圈里，您的猪就在屋里。"

刘红桥笑笑，看着前边。

刘红桥的侄子说："人家的猪吃猪食，您的猪和您吃一锅。"

刘红桥还是笑笑，他本来就话少。

"您可好，"刘红桥的侄子说，"人家种地是为了填饱自己的肚子，您是为了给猪吃。"

刘红桥还是笑笑，好像是有些不好意思了，搔了搔头顶。

刘红桥的侄子把话说到骨节眼上了："人家养猪是为了卖钱，您呢？为了啥？是为了贴钱，乡里来了人您还得贴茶贴烟贴招呼。"

刘红桥说话了，"我养猪就是和别人不一样，一不是为了卖钱，二不是为了杀了吃。"

"那您为什么？"刘红桥的侄子把一支烟递给刘红桥。

刘红桥答不上来了，想了一阵子，搔搔头顶笑着说：

"反正我就是不杀也不卖!"

"那您为什么?"

刘红桥答不上来了。

"为啥?"刘红桥的侄子觉着又好气又好笑。

"都十年了!"刘红桥说。

"十年又怎么啦?"

"跟了我十年了!"刘红桥立起身,去了西边那间屋,他侄子跟在后边。

"我给您找条狗吧。"刘俊说,"这世界上还有拿猪做伴儿的? 狗比猪好。"

"狗黑夜乱叫!"刘红桥已经站在了西屋里,他反对侄子这么说。

刘红桥的三间屋都很老了,他住东边那间,猪王就在西边那间,中间这间放粮食和杂七杂八的东西。刘红桥怕猪王给冻着,地下铺着很厚的秫秸,猪王就侧躺在秫秸上,躺在那里也闲不住,总是不停地用嘴叨秫秸,把秫秸叨过来叨过去,人们都说,它又不是头要下仔儿的母猪,它那么做是在做什么? 但刘红桥就是喜欢看猪王这么把草叨来叨去,猪王这么做的时候让人觉得它就是一条大蚕，一条其大无比的蚕，一只马上就要做茧的蚕，猪王在那里动，嘴一动，全身也都跟着在动，用这村子里的话就是"鼓拥"，浑身肉一鼓拥一鼓拥的。猪王实在是太大了，太肥了，这么大的猪，不少人说去马戏团肯定不行，它表演不来，但它应该去动物园，让人们买了票来参观它，看看猪肥到猪王这个程度是什么样？肥得连眼睛都没了！其实不是没了，是那两只眼睛都缩到脑门儿那地方的肉褶子里去了，肥得连下巴都没了，猪嘴直接和猪肚子连在一起，是白晃晃的一大片。猪王现在总是在那里躺着，气派十足，想起来就得要刘红桥帮它一下，吃食的时候得刘红桥蹲在它旁边喂它，把手里的面条子一把一把搁到它嘴里，刘红桥给猪喂食别人看了都觉着害怕，怕猪一不小心咬了他，人们都知道猪这种东西是会咬不会放！刘红桥的得意也在这里，刘红桥把手塞到猪嘴里去，不但是手，好家伙！半个胳膊都进去了，"啊呀，啊呀，"旁边的人都叫起来了，这么老大一口猪，咬断他一根胳膊还不是像吃一根豆芽！人们担心，可刘红桥不担心，刘红桥知道猪王不会咬他，从小，他就这么喂它喂惯了。连刘红桥自己都不相信，十年的工夫，这猪怎么会长这么大。那天，一个杀猪的来了，给吓了一跳，说："杀这只猪恐怕得用一把日本东洋刀！光有日本东洋刀还不行，还得使多大的劲？恐怕得使吃奶的劲！"做鼓的那天也来看猪王，他围着猪王转圈走了走，发出一声长叹，说这张皮可以绷一个全世界上最大的鼓，比所有的鼓都要大。又有一个厨子，根本就不相信刘红桥的猪王有人们说的那么大，也赶来看，给吓了一大跳，厨子也不看刘红桥的脸色，说这头猪，杀了连头蹄下水算在一起够办他妈一百张席！光那个猪头，腔子那里下得大一点一颗猪头就够两桌人吃！

　　杀猪的屠夫和绷鼓的鼓匠还有那个油光光的厨子让刘红桥很不高兴了一阵子，他把门一锁，不让人们看他的猪王了，他坐在那里生闷气，眼里都有泪花了。

　　怎么说呢？刘红桥现在不得不打主意要把猪王卖了，因为他病了。刘红桥的侄子刘俊说他叔刘红桥是给猪王累病的，刘红桥的病是头晕，站都站不稳，站在那里看他的猪王，猪王现在是一大片而不是一个，这说明他眼睛有了毛病。刘俊对他说："您这下子好了，不但把自己的东西都给猪王吃光喝尽，而且还把自己都给累病了，您病了猪能不能带您去看病，还不得我带您去!"刘俊带刘红桥去了县医院，在那里挂了号，做了各种检查，大夫说刘红桥是轻微脑血栓，不算太严重，但要注意休息不要累着，这病越累越厉害。刘俊当然知道脑血栓不是什么好病，这病动不动就能让人瘫掉，动不动就能让人嘴歪眼斜。但最最可怕的是让人动不了，拉屎撒尿都得在床上进行。刘俊对他叔刘红桥说："这回您知道了吧，您这病都是给您那宝贝猪累的! 再累也许就赶上刘旺弟了!"刘红桥当然也知道脑血栓是个什么病，村子里的刘旺弟就是脑血栓，现在连走路都走不好，一走三晃，嘴眼都跟上乱动，谁看了谁想笑，说刘旺弟要是上了台赵本山保证就没饭吃!

阳历十二月，天还不算太冷，但寒流一来就要猛地冷那么一下子，很不巧的是，刘红桥这几天又感冒了，刘红桥平时最怕自己生病，自己生病少吃一顿没什么，少喝一口水没什么，刘红桥最怕没人给他喂猪王。刘红桥又没别的亲戚，他一病就是刘俊的事。刘俊天天都得把饭做好了送过来。刘俊对他叔说："叔我侍候您能行，因为您是我亲叔，因为您和我爸是亲兄弟！但我就是不能侍候您的猪王，一是做不来猪食，二是我也推不动它。"刘俊这么说刘红桥也没说的，他对侄子说："饿它两顿也饿不死，就饿它两顿吧。"等刘俊前脚一走，刘红桥就把侄子给自己的饭哆哆嗦嗦都倒给了猪，侄子送给刘红桥的饭能有多少，够一个人吃，这点点饭给猪王吃可不够。猪王饿得在西屋里"咕咕咕咕、咕咕咕咕"直叫。刘红桥忍不住了，颤颤抖抖找了两根红薯给猪王吃，猪王躺在那里，刘红桥坐在它旁边的木槽上，把红薯用刀一块一块削开了，再一块一块放到猪王的嘴里。刘红桥一边喂他的猪王一边流着清鼻涕对猪说，说天马上就要下雪了，说这话什么意思呢？没什么意思，刘红桥总是想起什么话就没头没脑对猪王说什么话。

"你看看你，你知道不知道，我病了。"

刘红桥又把一块红薯喂给猪王，刘红桥又说，要是在别人家早把你卖了，别家的猪最多也就活个两三年，可你呢，啊，你呢，你都十岁了，你知道不知道，你们猪是五个月就顶一岁，十年就是二十岁，你都二十岁了，你二十岁了你能做什么？你把自己吃这么肥你能做什么？你就不能少吃一顿？你整天躺着，你像条大蚕，可你又不会吐丝，你吐个丝给我看看，你要是会吐丝就好了，上边就有人把你收走了，也许国家都会让你给他们去吐丝，也许都会让你去美国表演吐丝。喂完红薯，刘红桥又颤颤抖抖站起身，去把那根老粗的木棍取了过来，他想让猪王站起来走走，现在天冷了，要是天气好，刘红桥也许就会给猪王洗个澡，用桶提来水，给它冲，用竹扫帚给它把身上打扫打扫。刘红桥一拿来棍子猪王就知道主人的意思了，它把身子一欠又一欠，一欠又一欠，终于顺着棍子的劲儿就站了起来，它站起来了，但它不知道为了帮它站起来，刘红桥累得一下子靠在了墙上，猪王实在是太大了也太沉了，为了帮助它站起来刘红桥得使多大的劲！猪王一站起来就显得更大，简直就是一堵其大无比的白花花的墙，是一堵肉墙！白花花的肉墙。刘红桥都怀疑，猪王要是再长下去还能不能从西屋那个门走出来，到时候恐怕那个门太窄了。刘红桥在猪王小的时候就没考虑过给猪王弄个猪圈，猪王还是头小猪的时候就给放在了西屋，在西屋一待就是十年！有时候刘红桥打它一下子，它会"吱吱吱吱"叫着直往西屋里钻，它认定了西屋就是它的老家。

　　猪王摇摇晃晃站了起来，它站起来第一件事就是抖，"唿噜唿噜"抖一阵子，把全身的肥肉都要"唿噜唿噜"抖到，好像不这样它就不舒服，好像不这样它那浑身白晃晃的肉就不会醒来，肉会睡着吗？怎么就不会，肉睡着了就不会动，要想让它动就得好好晃一阵子，要是在小时候，猪王还会把后蹄子朝前跷起来弹弹脖子，那样子还真好看，抬一下左边的小蹄子，再抬一下右边的小蹄子，但现在它太肥了，蹄子抬不起来了，它现在只能抖，它把身子一抖，浑身白晃晃的肉便一下子都活了起来，从上到下的肉都在晃。抖完，猪王就要到墙边去蹭蹭墙，蹭蹭这边，再蹭蹭那边，蹭墙的时候，刘红桥就抬了头看房顶儿，他很担心那墙会给猪王一下子蹭倒了。猪王蹭墙的样子不像是在蹭痒，倒像是用了全身的力气在推那堵墙，把身子斜了，靠在了墙上，"吭哧、吭哧"一前一后地蹭，"吭哧、吭哧"一前一后地蹭。"轻点轻点。"刘红桥在旁边说话了，他还用棍子轻轻碰碰猪王，说你用这么大劲把房子蹭倒了怎么办？我这房子还要留给我侄孙呢。刘红桥的侄孙是谁？就是刘俊的儿子，马上就要高考了，忙得没时间过来看他。刘红桥这么一说，猪王居然像是听懂了他在说什么，不蹭墙了，但它不蹭墙也得靠墙站着，只要是不走动，只要是不躺在地上，猪王就必须靠墙站着。刘红桥身体好的时候还会把猪王带出去转转，手里拿根萝卜什么的，慢慢慢慢、慢慢慢慢把猪王引出去，慢慢慢慢、慢慢慢慢到处走走，可现在刘红桥病了，不能再带它到处走了。

刘红桥放下了手里的棍子，也慢慢坐了下去，坐在那个猪食槽子上，他对着猪王，把手抬了起来，他一抬手，猪王就像是明白了，又晃晃晃晃地过来了，刘红桥就把手放在猪王的脑门儿上了。刘红桥对猪王说："你知道不知道我病了，是脑血栓，你知道不知道，我又感冒了，脑血栓加上感冒，我流清鼻涕，我头痛，我感冒了你怎么不感冒，怎么就让我一个人感冒？你比我年轻，你比我经冻，你看看你这身膘，三九天也冻不进去。我呢，我现在到处都疼，我拉屎也拉不下来。"刘红桥说话的时候，猪王就开始用它的嘴蹭刘红桥的手，"卟卟卟卟"把热气和涎水都喷到刘红桥的手上。刘红桥把一只手伸到猪王的嘴里了，伸进去，说："还是你这地方暖和，你就给我暖和暖和吧。"伸过这只手，又把另一只手再伸进去，又说："还是你这地方暖和，你就好好儿给我暖和暖和吧。"猪王的嘴里可不是暖和，猪王的嘴轻轻张着，任刘红桥把一只手在里边转来转去，猪王仰着脸，只有在它仰着脸的时候，刘红桥才可以看到它那长在肉褶子里的眼睛，那两只眼亮亮的，就像是镶在肉褶子里的两颗宝石，猪王就用它这两颗宝石看着刘红桥，猪王的这两颗宝石亮晶晶的，湿漉漉的。刘红桥总是想把猪王脸上的肉褶子给它洗洗，白猪是越胖颜色越粉，颜色是粉白粉白，猪王要是洗干净了还挺好看，但猪王脸上的肉褶子怎么也洗不干净。有一次刘红桥用牙刷子给猪王刷，猪王给弄得大声尖叫，把头摇来摇去，意见大得了不得。

刘红桥很伤心，伤心自己终于打定了主意，他站了起来，领着猪王从西屋去了一趟堂屋，堂屋的桌上放着几个皱皱巴巴的苹果，还是他的侄孙上次拿过来的。刘红桥手拿着两个苹果再把猪王从堂屋领回到西屋，出门和进门的时候猪王都是用了很大的力气才把自己从门里挤出去或挤进去。这还是没有吃食，如果吃饱了食，刘红桥就得在猪王屁股后边使劲推，猪王在前边用劲，刘红桥在后边也用劲，猪王才能进那个门。刘红桥忍不住笑了，他想起猪王总是进不了他东屋的那副急样子，它只能把头探进东屋的门，身子却进不去。急得"吱吱吱吱"叫，别看猪王个头现在长这么大，叫起来的声音还是细声细气。

刘红桥坐下来，突然伤感起来，他用手拍拍猪王的脑门儿。

"你要是会把戏就好了，你就可以到马戏团去了。"

猪王"吱吱吱吱，吱吱吱吱"，不知道在说什么猪语。

"我要是不病就好了。"刘红桥又说，"我又不是神仙，大夫说我这是吃盐吃多了。"

猪王"吱吱吱吱，吱吱吱吱"，它有点儿急了，它仰起头，想用嘴够刘红桥手里的苹果。

"没别的法子啦，看样咱们得分手。"刘红桥说，"千里搭长棚，自古就没有不散的宴席！我在塘沽干那么多年还不是照样回来了，我搂的盐够几火车皮。"

猪王够着了，不是它够着了，是刘红桥把手里的干巴苹果搁到了它的嘴里。

这时候外边门响,是刘俊来送饭了,是面条儿和子饭,饭菜都在里边了,天气冷的时候人们就爱吃这种饭。刘红桥的侄子顺便还"呼哧、呼哧"提来了一桶潲水,潲水里搅了些玉米面,还有烂菜叶子,是猪王的晚餐。刘俊把给他叔叔的饭先放在了东屋,然后才过来给猪王把那桶潲水倒在了槽里。"不杀就行。"刘红桥的侄子刘俊突然听到叔叔刘红桥在自己背后说了话。"什么不杀就行。"刘俊愣了一下,把身子转了过来,刘红桥忽然又不说话了,看着侄子。"您是不是烧得厉害了?"刘俊抬手摸摸他叔的脑门儿。"只要不杀就行。"刘红桥又把刚才的话重复了一遍。刘俊这回听明白了,兴奋了起来,叔这是同意卖猪了。"我看他们买回去也是个杀。"刘红桥又说。"猪哪能总在家里养着。"刘俊蹲了下来,说:"您想开就好,都十年了,谁家有过把猪养在家里十年的事。"刘红桥长叹一声,说:"他们杀不杀我看不见就行,但往走拉之前我要给它好好儿洗洗,到时候我躲出去你们再往走拉,别让我听见动静就行。""我帮您洗。"刘俊跳起来说这要好好儿烧一大锅水。

来拉猪王的人还是把那辆破车又开了回去，他们没办法把猪王往车上弄，他们只好赶着猪王走，他们用两根绳子把猪王的前腿拴好了，他们想这样把猪王连拉带牵弄了走，但猪王突然尖叫了起来，它感觉到了什么？它已经出了门，但它不再走，回过头尖声尖气地叫了起来，还猛地把浑身的肉"唿噜唿噜"抖了几下。猪王太大了，这样的猪得用个起重机往车上吊，不知谁在一旁说了一句，说没有起重机就没法子弄它上车。因为人们要往走拉猪，刘红桥躲了出去，躲在屋子后边的葵花地里，葵花地里现在只有葵花秆子和"哗啦哗啦"直响的干葵花叶子。但猪王的叫声还是让他惴惴不安地又出现了，刘红桥出现了，把手里的一个筐递给他侄子，说用筐里的萝卜慢慢引着它走，它昨天饿了一天了，不这样你们谁也别想把它拉走。"用萝卜引它走。"刘红桥又对刘俊说。这个方法还真管用，那四五个来拉猪的人果真用筐里的萝卜慢慢慢慢把猪王引出了刘红桥的院子，又从刘红桥院子前边那块菜地引到了路上。猪王慢慢慢慢、慢慢慢慢嚼着萝卜往路上走的时候人们忽然听到了

199

什么，人们这才发现刘红桥还在后边跟着，刘红桥又颤抖着叫了声"小白——"，然后一屁股蹲在了那里。猪王停了一下，迟疑了一下，"唿噜唿噜"抖了几下，然后又跟上萝卜走了起来，一边走，一边用嘴够那萝卜，它是给饿狠了，筐里的萝卜对它是最大的诱惑，四个人就那么围着猪王，慢慢慢慢走到路那头去了，慢慢慢慢朝西去了，道边的杨树叶子都落光了，白白的枝条衬着明蓝的天让人知道真正的冬天到了。人们又听到了刘红桥的声音，刘红桥又叫了一声"小白——"猪王又停了一下，又迟疑了一下，又"唿噜唿噜"抖了几下，然后又跟着萝卜往前走，就这样，慢慢慢慢走远了，刘红桥的侄子刘俊也跟在猪王后头。猪王走远了，往西走，再往西，马上要消失到那排杨树后的时候，刘红桥忽然又大声叫了一声"小白——"然后靠在一棵树上不动了。刘红桥希望猪王停下来往回走，要是那样，自己再怎么困难也不会让人往走赶它，但猪王没有停下来，嘴里嚼着萝卜，刘俊也听到了身后刘红桥的叫声，心里很不是滋味。他想让猪王走得快些，赶快走到他叔再也看不到的地方。

刘红桥很少生病，在塘沽搂盐那会儿，天那么冷，穿着高腰雨靴站在冰冷的盐池子里一天要搂四五百斤盐，那时候他都没感冒过。在冬天真正到来之前，天又暖和了一阵，刘红桥却像是病得更厉害了，走路更慢了。人们这会儿见到刘红桥的时候要比以前还多，但刘红桥好像更不愿和人们说话了，人也更老了，他慢慢慢慢走动的时候手里总是拿着根干巴萝卜。人们发现他总是坐在菜地过去的那个路口，再过去，就是那排白白的杨树。刘红桥在那地方一坐就是老半天，两只眼睛好像已经定在了路那边的杨树那边，没人知道刘红桥在想什么或等什么？只有他侄子刘俊知道他叔为什么大大要坐在那里。直到这一天，刘红桥忽然开口说了话，只说了一句，然后马上就跟着哭了起来，这天刘红桥的侄子从镇里兴冲冲地回来，用车驮回来一只粉白色的小猪仔儿，他对刘红桥说："叔，您看我给您带回什么了？"这么说着，还用手使劲拍打了一下蛇皮袋子里的小猪仔儿，蛇皮袋里的小猪仔受了惊，"吱吱吱吱、吱吱吱吱"地尖叫了起来。

刘红桥抱着小猪仔是从北边绕道回的家，他不要他侄子跟着他，他怕别人听见自己的哭声，又怕别人听见他怀里抱着的那个小猪仔儿的叫声，他慢慢探着腿下了村北边那个坑，坑里的积水已经冻得很硬了，刘红桥的侄子在坑的另一边小声说："叔、叔、叔、叔——"

刘红桥慢慢慢慢抱着小猪仔儿又从坑的另一边往上爬，一边爬一边小声说：

"小白、小白、小白、小白——"

刘红桥的侄子在坑的另一边紧着说：

"叔、叔、叔、叔、你慢点儿——"

刘红桥没回答他侄子，嘴里还小声说：

"小白、小白、小白、小白——"

发　愁

　　天气真是很冷，她十点半才到了废物家，她总这么称呼废物。她觉得自己不能再晚上不回，她还觉得自己对自己犯的错误实在是太大了，所以她这几天尽量不和废物说话，但她不知道那件事究竟是不是和废物做的？这只怪自己不停地喝酒，这一次，她想自己一定要把酒给戒了，说什么也不能再喝了。进了屋，她把外边的衣服脱了，这件衣服有点儿掉色了，袖口那地方都毛了，但不仔细看看不出来。她把衣服挂在一进门的地方，然后先去把南边屋的窗帘打开，窗帘已经很脏了，都看不出原来的颜色了。她从进屋就没和废物说话，但她知道废物正在洗脸，废物坐在那里，这一辈子都只能坐在那里，他站不起来。废物洗脸总是很慢，连刷牙也总是要

203

用最慢的节奏进行，反正他的时间很多，多得都使不完。废物的脸上是刚打上去的香皂沫子，一张脸白乎乎的，只有嘴和眼窝那里是本来的颜色。她把南边屋的窗帘打开，然后又去打通向阳台那间屋的窗帘，通向阳台的那间屋就是废物的屋，她走过废物的身边时还是不说话。她发现放在阳台上的天竺葵的叶子冻伤了，天实在是太冷了。废物就是这时候开始说话了，说昨天自己又拉不下屎。她没搭茬儿，返身又径直去了厨房。她把冰箱门拉开看了一下便马上决定中午吃什么了，冰箱里有许多乱糟糟的东西，半个馒头，半袋榨菜，几大片紫菜，紫菜让她想起会计的复写纸，还有吃剩下的酱——有两只蟑螂在冰箱上爬得很快，只一下就不见了。冰箱里还有半碗剩菜，是废物昨天吃剩下的，白菜、粉条和肉，废物吃剩下的当然还要给废物吃，菜里有肉，就更不能浪费。另外，她想今天中午再炒一个鸡蛋，她这几天特别的想吃鸡蛋。然后再做一个米饭，吃饭的时候再来点儿泡菜，那泡菜是她做的，心里美萝卜和辣椒，又酸又辣，整整腌了一坛。她洗了米，把米下进了放在厅里的电饭锅里，然后开始打鸡蛋，她从冰箱里取了五个鸡蛋，鸡蛋都挺凉。

这时候那只猫又开始在外边叫，这只猫的叫声十分细，像是在小声哀求谁，所以特别让人可怜，她停了一下，想知道这只猫到底是在什么地方，听声音像是在二楼，是不是二楼那老两口养的猫？她心里想。她又打了几下，鸡蛋已经起了泡儿，她又停下，她忽然很想知道这是一只什么样的猫？然后她就把门打开了，外边很冷，她探出头"咪咪咪咪"叫了几声，那只猫果然很快就在楼梯上出现了。这是只不太大的猫，毛色还挺好看，白底子上有两三块儿黑不黑灰不灰的花儿，脑门儿上有一块儿，尾巴那地方上有一块儿，后背上还有一块儿，让人想象它的父亲大概是什么样，它的母亲大概义是什么样？这只猫试试探探从楼梯上慢慢朝她走过来，快走到她跟前时却又一下子跳开，她"咪咪咪咪"又叫了几声，那只猫还是不敢相信她。她忽然想到了废物昨天那半碗剩菜里边的那几片肉，她挑了一片儿，扔给它，猫很快把这片肉吃了，看样子它实在是饿了，吃完这片肉，小猫抬头看着她，看样子还想吃，她就又给它从废物碗里挑了一片儿，她"咪咪咪咪"要小猫进来，这只猫身子有些发抖，但还是进到屋里来，她吃了一惊，她发现这是只怀了孕的母猫，肚子很大，好像是马上就要生了。她站直了，像是想起了什么，她摸了摸自己的肚子，叹了口气，回过头看看废物那边，要在平时，她就会对废物说说这只猫，但她现在不想那么做了，她蹲下来，把手伸给这只猫，小猫却一下子躲开，她想摸摸它的肚子，她甚至都觉得这只小母猫是在找一个地方想把小猫生下来所以才那么"喵喵喵喵"不停地叫。它大概也不想把小猫生在外头，要是生在外头，那些小猫必死无疑。她又立起身，把废物剩在碗里的肉片都拣给了这只小母猫。她还给它用筷子夹了一块炒鸡蛋，甚至，她还希望它吃一点米饭，就又往地上夹了一筷子白花花的米饭。这时候废物已经洗完了脸，拄着他的拐到了厨房，因为他不方便坐到椅子上，他总是坐在厨房里吃饭。厨房的那一溜漆了黄漆的台子正好让他靠着吃饭。他对她说："水快开了。"她说："还没响！"她的心思这会儿在小猫的身上，小猫对米饭和鸡蛋不感兴趣，但除此家里没什么可吃的，既没别的可吃，小猫也别无选择，小猫还是把那一小块儿鸡蛋叼在了嘴里，它可能是实在不喜欢鸡蛋的味道，它只吃了一点点，然后突然对着她又叫了起来。她直起了身，开始穿衣服。"水要开了，你干什么去？"废物对她说。她没说自己要干什么去，只说："还没响呢。"她已经出了门，听见那铁门在自己身后"砰"的一响。临出门的时候她忽然把放在厅里餐桌上的酒瓶拿起来喝了一口，这一口很大，她现在喝酒一喝就是一大口，她想喝这么一口酒，出去就不会太冷了。她现在喝酒的时候总是在给自己找理由。她觉得自己有理由可以喝一口，因为自己正吃着饭，身上都出了汗，自己是吃了一半儿饭，然后要出去给这只快生产的小猫买点儿吃的，问题是这只小猫快生了！所以自己可以喝一点儿。出门的时候她已经想好了，就买一元钱三根的那种最最便宜的火腿肠，这种最便宜的火腿肠人一般都不吃，超市的人说买这种肠的人大多都是喂猫喂狗的。小超市就在院子对面，中间只隔一条一年四季总是泛着潮气的小街。因为天气冷，外边的冰都冻得很结实。从家里去一趟小超市用不了多长时间，她从外边再次进来的时候第一件事就是又拿起餐桌上的白酒瓶喝了一大口，她又给自己找了理由，既然天这么冷，既然自己是去给小猫买东西，不妨再喝一口。

她惹上酒瘾是她没了工作那年的事，心情特别的不好，再加上自己男人跟人跑了，她的心情就更坏，后来她就找到了酒，发现酒可以给自己快乐，人们都说这不能怨她，她在纺织厂一干就是十多年，忽然一下子就没事做了，要是有事做，她肯定不会喝酒。

她给那只可怜的小猫先吃了一根火腿肠，她把火腿肠用手掰成一截一截的，小猫给火腿肠弄得一下子就兴奋起来，一边吃一边叫，这一截还没咽下去就又用嘴去把另一截叼住，她对小猫说："慢点，慢点，没人跟你抢。"想了想，她又给小猫弄了半根，她在心里还想，冰箱里的那一根半就留给它明天吃，其实这时候她已经打定主意了。她给小猫找了个塑料碗，在里边倒了一些水，她看着小猫喝。废物这时也已经吃完了饭，也正在"夫夫夫夫、夫夫夫夫"喝水，废物吃饭喝水都会故意弄出很大的响声。

"快生了。"她忽然对废物说。

废物说，"跟你说，水都开了老半天了。"

"知道了！"她说。

灌完了水，她去了阳台，小猫也跟着她去了阳台，她把两盆天竺葵从阳台上搬了进来。天竺葵在阳台上长了一夏天一秋天，一夏天一秋天就那么互相挤挤挨挨着，一旦搬动枝干就都一下子爬了下来，她找了一下，想找些能够把天竺葵支起来的东西，但家里什么也没有，有一根棍子，是用来往开捅窗户的，到最后她只能把天竺葵剪了一下，她把趴在那里立不起来的天竺葵用剪子"咔嚓、咔嚓"剪了，剪成了一截又一截，然后就势插在了原来的盆子里，她知道天竺葵这种东西很好活。废物这时在厨房里说话了，"你瞎弄什么？"她原来不想跟废物说话，但她还是说了，"这是谁家的猫？"她问。废物说："那谁知道？"她的心思现在其实都在这只小猫的身上，这时这只小猫已经敢在她身周围走来走去，她想让小猫在厅子里餐桌旁边的一张椅子上歇一下，她拍拍那张椅子，那张椅子上有她平时做事的围裙，它卧在上边肯定会觉得软和些。后来她又去了朝南那间屋，又拍拍紧靠大立柜的那把高靠背椅子，这把椅子现在从来都没人坐，以前废物的母亲活着的时候就总爱坐在这把椅子上看电视，看着看着就会把头一歪睡过去，但你要是让她离开这把椅子上床去睡，她马上就会睡意全消。废物上不去这把椅子，他总是坐在一把更小的凳子上，身子靠着这把高背椅子看电视。收拾完天竺葵她又去洗碗，这时废物去了他的屋子，废物白天从来都不看电视，白天睡觉的时候也不上床，就那么坐在一张小凳子上睡，上身靠在床上，因为他的腿伸不开，所以样子很难看，猛看，像是给谁从腰那地方劈开了，上身一半搁在床上，下身一半还在凳子上，怪吓人的，没看过他这怪样子的人会给吓一跳。要是在以前，她会对他说，"要睡就好好儿上去睡。"还有几次，喝了酒，她一下子就把他给抱了起来，一下子就把他给抱到了床上。"好家伙，你喝了这么多!"废物会笑着说。但现在她让自己不能再那么做，因为喝酒，她一直在心里想自己是不是和他做过那事？因为这种想法她就很生自己的气，问题他是个废物，和这种人做那种事说出去都丢人。

收拾完厨房，她在南边的屋里躺了一下，床上的蓝色床单又薄又滑，只要人一躺上去就马上抽搐成一大堆。这时候那只小猫跳上了窗前的一把椅子开始给自己清理，先是爪子，左爪，右爪，然后是尾巴，它在尾巴上花的功夫特别多，好像它特别珍爱自己的尾巴。她躺在床上一动不动看这只小猫清理自己，自己连一点点睡意都没有，她甚至想这是不是东边粮店的小猫。粮店现在不卖粮了，开成了饭店，饭店里的老鼠比粮店少多了，粮店的猫也都失业了。她有时候能看到粮店的那只大黄猫蹲在墙头上，那只猫可真大，像是猫里边的领袖人物。这只小猫可就小多了，但这只小猫的肚子可真大，也许它今天晚上就要生了。她忽然开始摸自己的肚子，从这边摸到那边，好像是在摸别人的肚子，她想这只小猫到时候可能生几只？也许它早就弄好了窝？她忽然从床上坐起来，觉得自己那点点睡意一下子就没了。她打定了主意，她站起来把窗子打开一条可以让这只小猫钻出去的缝，她在心里对自己说，想走就让它走，要是它不走就让它待在屋里，也许它晚上就要生了。她侧着身子看小猫，小猫没有走的意思，反而把身子蜷了起来。她把窗子又关了起来。

要在平时，天气这么冷晚上她就不会走了，但她还是决定走。她是下午五点半走的，她给废物把晚上的饭弄好了，她走的时候，围脖已经围好了。废物这时候在

211

屋里大声说，"把猫弄走！"她在外边对废物说，"人要有点儿同情心，它快生了。"废物又在屋里大声说，说他担心晚上猫叫得他睡不好。她说，"你怎么知道它会叫？"她这么说话的时候那只小猫蜷得更像是一个小毛团儿，就在窗前的那把椅子上。她又说了一句："它快生了。"废物说，"它会拉一家屎！"她说它就是一头大象也拉不了一家！临出门的时候她犹豫了一下，但还是拿起那个白酒瓶大喝了一口。她对自己说既然外边那么冷！

"你又喝了？"废物在屋里说。

废物这么一说她就又喝了一口，"我是喝我自己的。"

出门的时候，她又对废物说，"它再叫你也不要开门，到时候从外边闯进个人你可受不了！"她说这话可是真的，她很担心废物到时候会开门，到时候也许真要闯进个坏人就糟了。废物在屋里说，"你看吧！你看吧！你看吧！"废物说话的时候她又拿起酒瓶喝了一口，又一口，她觉得自己好像是一下子就又高兴了起来。

"告诉你，别放它走，它要生了！"她又对废物说。

"你看吧，你看吧，你看吧。"废物说。

"你什么意思?"她说。

"你别走了,天这么冷。"废物说。

她还是走了,也许那只小猫今天晚上就要生了。她一边走一边在心里想。

开门的时候她就想听到猫叫,但她没听到,晚上酒醒的时候她想也许小猫这会儿已经把屎拉在家里了,餐桌上、床上,或者是窗台上,或者就是尿,把尿直接溺在椅子上的垫子上,那个垫子上的图案像是绣上去的,但细看不是那么回事。她从外边进来的时候废物正在"哗啦哗啦"洗脸,洗脸刷牙是废物每天最大的事,然后就是拉屎,废物特别珍爱自己的拉屎,这么说一点点都不为过,废物还特别爱在吃饭的时候说起他拉屎的事,她要是对废物说"想说到一边说去",废物总会嘻嘻一笑说"这是我的家你让我到什么地方去说",进了屋,她就感觉到那只小猫肯定是不在了,但她还是找了找,但她明白自己根本就不用找,那小猫肯定给废物放了。她看了一下南边屋子的床上,床单上有很多小猫的毛,她心里说这只小猫可能真要下了,她知道猫下小猫的时候会从自己身上往下叼毛，会把叼下来的毛都絮到窝里去，它要是不叼毛小猫的窝里就不会又暖又软。床单上除了毛还有一片尿渍，有饭碗那么大，尿渍那地方的颜色要比别的地方深许多，就像是在蓝色的床单上打了块儿黑色的补丁，她又找了找猫屎，但没有找到，她用小扫帚把床单上的猫毛都扫了，然后才去了厨房，她已经想好了，今天煮一些小米粥，炒一个黄豆芽，冰箱里还有一根蒜肠，再熘四个馒头。她一边做着手里的事一边还是忍不住问了一声废物：

"猫呢？"

"放了——"

废物把声音拉很长，说猫在屋里叫得他一晚上睡不着。

她问是什么时候放的？

废物说："刚才，刚才放的。"

她想要是让自己不发火最好就来一口，她找到了这个理由，这个理由让她去了厅里，她拿起那个白酒瓶子就往嘴里喝了一大口，她忽然觉得不是那只小猫很可怜而是自己可怜，她摸摸自己的肚子，那只小猫的肚子都

214

那么大了，也许它现在真的已经把小猫都生在外边了，这都怨废物，她觉得自己为了一只猫和废物生气也划不来。为了不让自己跟废物生气，她又找到了理由，她就又大喝了一口。然后才继续去厨房做事。做事的时候她的耳朵很想听到猫叫。但除了油烟机的声音没一点点别的声音。

这时候废物又在屋里说话了，说，"它早上又过来了，在外边抓门。"

"那你说是刚才放的?"她忽然觉得自己真应该生气了，大声说。

废物在屋里笑了起来，说自己说漏嘴了。

"你怎么没有一点点同情心!"她大声对废物说。

"到时候把家里弄得又乱又脏。"废物也大声说。

"知道不知道它要生了!"她说。

"你又喝了!"废物说。

她觉得自己不能生气，千万不能生气，为一只小猫生气划不来。为了这个理由她忽然又去了厅里，又拿起那个白酒瓶子。白酒瓶子里的酒不多了，她想喝完这瓶不能再买了，倒不是钱的事，这种北京二锅头一瓶才七元，自己是不能再喝了。

只要一喝了酒，她的心情就会变得好起来，这时候她听见废物又在屋里说话，废物说那只小猫刚才还在南边的护窗上走了一圈儿想让他放它进来。

"那你就应该让它进来。"她说。

"那不行。"废物的口气很果断，说，"到时候又脏又乱！"

"它要生了！"她说。

"生一家小猫就更乱。"废物说。

"怎么能生一家！"她说，她忽然有出去看看的冲动，她放下了手里的活儿，她已经把衣服穿上了，她已经把围脖围上了，废物在屋里说：

"水马上要开了。"

她说，"谁告诉你水要开了？"

"反正水要开了。"废物说。

"它要生了。"她说。

"你就瞎喝吧！"废物笑着说。

她已经拉开了门，但她又停了下来，她觉得自己有理由再喝一口，既然外边那么冷？她把酒瓶拿了起来，这一次她喝了很大一口，她对自己说只一口，不能多喝，所以她只喝了一口，但这一口特别大，大到要分两次才能咽下去。外边很冷，她先朝楼梯那边看了看。因为是冬天，楼梯上总是落满了灰尘，楼梯扶手上也是灰尘。她小声喊了一声，她觉得那只小猫也许就在楼上。但她听不到小猫的叫声。她从走廊里出去，院子里背阴的地方都是冰，还有扫在墙根一堆一堆的雪，雪都很脏，黑了巴叽的。她在院子里走了一圈儿，院子里没多少人，天一冷就没人在院子里待着说话，要在往常，总是有人在那里说话，一边说话一边有什么做什么。她看见那个叫周贵的清洁工拉了一车垃圾从那边走过来，垃圾车上插了一面很小的小国旗，但她一点点都不觉得好笑，她和周贵说了说猫的事，但她马上就不再说了，她不知道这时候那只小猫会在什么地方？它要是生小猫会去什么地方？她还不知道那只小猫要是想喝水该怎么办？会不会去用舌头舔冰。她对周贵说那只小猫就要生了，肚子那么大？周贵突然大笑了起来，说那是只公猫，前几天还在他家。她说公猫肚子会那么大？周贵说自己难道连公母都会分不清？

217

"告诉你，那是只公猫！"周贵说。

"不会吧？"她说，"肚子那么大？"

"那是只公猫！"周贵又说。

"肚子那么大？"她又说。

"信不信由你！"周贵说。

从外边回来，她伤心地坐在了厅里的餐桌边，她打消了直接拿起酒瓶喝的念头，她坐下来，给自己倒了一杯，这次她想要用酒杯喝剩下的那些酒，她把酒瓶里的酒倒在了杯子里，她忽然很伤心。因为伤心，她找到了大喝一口的理由，她就端起杯子大喝了一口，她摸摸自己的肚子，她又找到了大喝一口的第二个理由，就又大喝了一口。她一只手拿着杯子，一只手在摸自己的肚子，她对自己说，要是自己像那只小猫就好了，肚子虽然那么大却是只公猫。这么一想，她就又给自己找到了第三个大喝一口的理由。这一次，和往常不一样的是，把瓶子里的酒都喝干以后她还是没有快乐起来。

她现在不再想听那只猫叫了，她自己学了一声猫叫。

"你疯了。"废物在屋里笑着说。

"我要是那只猫就好了。"她对屋里的废物说，"你知道什么？你是个废物！"

"你骂人！"废物说，"你又喝多了。"

"你一辈子也不会知道！因为你是废物！"

她又从椅子上站了起来，她觉得自己有必要再去买一瓶，她已经找到了理由，谁让那只小猫是只公猫！它肚子虽然那么大，但它却是只公猫！她又穿好了衣服围好了围脖，临出门，她又看了一下那个酒瓶，酒瓶已经空了，她把门拉开，脚还没有迈出去，却听到了那只猫在叫，是在二楼，她把身子探出去，那只肚子很大的小猫马上就从二楼上叫着跑了下来。

屋里的废物突然听见她在门口大声对那只猫说：

"怎么回事！你到底是怎么回事！"

饥 饿

　　那条叫"鱼肚子"的狗，怎么说呢，用当地的话说是有点儿二货，就是，谁招呼它，它都会慢慢慢慢过来，但它又鬼精，你想抓住它又不那么容易，你这边一有动静，它就会一龇牙，往旁边猛地一窜然后一溜烟跑开。鱼肚子是条杂种狗，毛色白之中有一块一块黄，跑起来后腿有点瘸，仔细看，其实是用三条腿跑，有一条后腿从不着地。我们待的村子里现在已经没狗，饥饿促使人们见狗就打，狗肉是一种美味，其实狗肉最好的吃法就是煮个稀巴烂，然后蘸大蒜泥吃，狗下水切碎了煮一大锅，临吃的时候也要放大量的蒜，大蒜是越多越好，放在石臼里捣个稀巴烂，大蒜这东西捣烂了吃和用刀切碎吃起来是两回事。煮得稀烂的狗肉蘸蒜泥味道真好。我们来村子已经一年多了，日子艰苦且没什么可吃。刘庭玉对我说："看见没看见那条狗？看它那两个屁股蛋上的肉？"我说："看见了，还不够塞牙缝。"我告诉他那是打井队那边的狗。"操！他们养狗做什么？"刘庭玉说："看着怪让人眼馋！"我说："你想抓它就得跟它建立建立感情。"刘庭玉说："那怎么建立？"我说："你见过钓鱼没？"刘庭玉说："钓什么鱼？"我说："钓鱼都得下点鱼饵，你想抓住这条小狗还不下点钓饵？"刘庭玉说："我拿什么钓，我都吃不饱！又没什么荤腥，总不能把鸡巴割了喂它！"

"操，留着也没用！"我对刘庭玉说。

"掉过身！撅过来！妈的！"刘庭玉笑着说。

"那不。"我指指不远处，公社的那头母驴正立在那里东张西望。

打井队是地质队下来的那么七八个人，他们总是在这里打打，再到那里打打，日子就过去了。他们和村民们的想法其实一样，都想打出口好井，什么是好井，好井就是特别能出水的井，但我们那一带好像地下都没有

221

水了，打井队的人说地下水早让挖煤矿给挖坏了，本来该着是井里的水都流到更深的地底下去了。天这么热，远远近近都是白晃晃的太阳，都六月多了，地里还是稀稀拉拉那么几棵苗，要是再不下雨那几棵苗都要存不住。打井队那七八个人还弄了个食堂，他们那边一开食堂，村子里的插队生就更觉得日子过得艰苦。打井队的小眼儿差不多隔一两天就要去买一回菜，打井队有一辆车，很破的"130"。车虽然破，但还能开来开去，我和刘庭玉坐过两回车去县城洗澡，屁股差点儿都给颠掉，因为坐车，所以很快就跟小眼儿熟了。其实打井队的日子也好不到哪里，只不过主食上比我们富足一些，小眼儿告诉我们，凡是出来打井的就可以多吃十五斤粮！只这一点，对人们有多么大的诱惑！说到蔬菜，也就那么几样，圆白菜、山药蛋、胡萝卜，再就是粉条子，是那种干红薯粉，吃的时候用水泡开。打井队的油像是要比我们这边多一些，炒菜的时候也舍得放，一大勺"哗"地浇到锅里，不够，再一大勺，油大菜就香，小眼儿做菜，山药蛋还要先削皮，削完皮切成大块儿，让我和刘庭玉吃一惊的是山药蛋居然先过油，用油炸过再烩菜。

小眼儿说其实山药蛋也不吃油，炸完山药蛋你再看看锅里，原来多少油现在还差不多是多少。小眼儿还说："你看着我像是舍得放油，其实我心里有数，每顿饭六个人的油加起来就那么多，让我多放一滴我都不敢!"做饭的时候那条鱼肚子就总是跟在小眼的后边献媚，不停地打转儿，不停地摇尾巴，或者就蹲在门口拿两只眼勾小眼儿，就像看情人的样子。有一次，刘庭玉告诉我一个秘密，就是他那天看到小眼儿去房后边拉屎，他在那里拉，鱼肚子在旁边蹲着。刘庭玉说："信不信由你，小眼儿拉完屎就把个屁股摆给鱼肚子要鱼肚子舔。鱼肚子连小眼的屁股都舔你还不打消你那念头？这么条舔屁眼儿的狗就是打死了肉也不会香!"我说："眼不见就行!是狗还有不吃屎的?"刘庭玉说："问题是鱼肚是在吃小眼儿的屎! 恶心不恶心?"我一想，果然就恶心开了。但我还是希望能把和鱼肚儿的关系搞好，叫它过来它就过来，叫它走开它就走开，然后才可以打它的主意，我实在是想吃肉，我已经很长时间没吃到肉了。刘庭玉说再不打主意就可能没机会了，听说打井队过了国庆节就走，这地方看样子是没水了。

223

我和鱼肚子的关系渐渐好了起来，它后来慢慢信任我是因为我吃饭的时候总会从碗里弄点儿吃的给它，虽然我吃不饱，但我还是要喂它点什么。鱼肚子什么都吃，只要是碗里的东西。小眼儿那次告诉我鱼肚子也够可怜，它是让人给打怕了，上次不知是什么人想把它打了吃，打得浑身的皮都烂了，可还是让它给逃了一命，只不过有一条后腿永远不行了。小眼儿这么一说我才知道鱼肚子为什么总是用三条腿跑。

　　"你们总是打一个洞换一个地方。"我对小眼儿说，"还养条狗做什么？"

　　"迟早它还不是人们的一碗菜！"小眼儿说，然后就说起狗肉怎么怎么吃，既不能炒，又不能清炖，也不能包饺子和包子，只能煮稀巴烂吃。说到后来，小眼儿连连咽唾沫，咽的声音之大都能让人听见，"咕咚"一声，"咕咚"又一声，说到最后，"咕咚"又一声，这一声结束后，小眼儿又总结了一下，说瘦狗根本就不能吃，太骚不说，一张皮包一把骨头还腥得很！小眼儿说狗一定要养肥了吃，但现在想把一条狗养肥太不容易，主要是没吃的，其实不但是狗，羊也是要吃肥羊，鸡也要养肥了吃，凡是长肉的都要吃肥的，肥的就要比瘦的好。小眼儿说话的时候鱼肚子就趴在那里，两只眼一眨一眨听，鱼肚子趴在那里的样子就像是一个打扫汽车用的大掸子。我用眼睛把鱼肚子从头到尾细细揣摩了一遍，眼睛的作用有时候和手一样，知道狗身上哪块地方有肉，哪块地方没肉，或者是哪块地方光骨头，觉得鱼肚子的身上基本都是骨头，绝对没有多少肉。小眼儿说："你别看，别打它的主意，它太瘦，村子里的狗会逮地里的田鼠，它不会。"我说："村里现在哪还有条狗？"小眼儿笑着说："那还不是你们的功劳？"我说："我可从不打狗的主意。"小眼儿说："你刚才看鱼肚子的眼神里就有一把刀！你眼里有杀气！"我笑了笑，把身子坐直，把脸搓搓，让自己放松，从心里佩服起小眼儿来。我递给他一支烟，问他的父母是做什么的？小眼儿两眼顿时暗淡下来，叹口气说早死了，同月同天同时死的。我说那就巧了，有同年死的，也有同月死的，同年同月同天同时就少了。我想往深里问一问，看看小眼儿的脸便把嘴收住。后来还是打井队的另一个人告诉我小眼的父母出身不好，还没等轮到他们交代问题，他们就

225

双双赶到另一个世界去了。

我开玩笑说那他们还敢让这样一个人给他们做饭？

打井队的这个人就说："凡是打井队的谁都别嫌谁，出身没有好的，但是最苦的还是小眼儿，所以他养三条腿的鱼肚子是有道理的，你信不信？他晚上睡觉都让鱼肚子睡在他旁边。"我说："狗身上有跳蚤。"这个人说："小眼儿还嫌跳蚤？就怕跳蚤嫌他！"我说："你们这井，到处打来打去，到底打出过一口没有？"打井队的这个人就笑话我，说要是每次都能打一口那还有什么意思？完成任务回城更坏！吃粮就一下子少十五斤！他这么一说我就不再问，心里很酸，互相又点一支烟，好半天没话。忽然想，自己的日子现在还不如打井队，比人家少十五斤粮，书是白念了。

我和鱼肚子的关系一天比一天好了起来，家里老保姆的儿子悄悄来了一趟，我们在村头见面。我是吃老保姆的奶长大的，家里一出事，老保姆就回了老家，我知道她想我，她让儿子来，我其实和他也没有多少话说，站在那里互相看，让我高兴的是他给我留下了一个小口

226

袋，他是背着人把那个鼓鼓的小口袋给我的，小口袋里是晒干的红薯干儿，我当下口水就出来了，我马上放一块在嘴里就嚼，腮帮子马上就又酸又疼，我们屋后有一排烂闲房，闲房里放着一口白茬棺材，是队长他爹的寿材，棺材里基本没什么内容，但人们还是不愿去那个地方，人是怕棺材的，那玩意没人会喜欢。我做贼一样偷偷把小口袋放在了棺材里边。想起来就装着去后边解手拿几块吃。刘庭玉那天说："你那嘴里总'咕叽咕叽'吧唧什么？"我说："我是在练舌头，舌头这几天有点疼。"刘庭玉说："那还用练？你张开嘴我给你来一下子马上就好！"说完笑嘻嘻往后一跳。刘庭玉是远近闻名的能说黄话。他家里以前是开布庄的，连他都认识布，他看看我身上那件洗得淡得不能再淡的人字卡其布军装，马上就能告诉我是几经几纬。我说："天地之大你真是给浪费了！"刘庭玉说："你是不是拿我开玩笑？这算什么？"刘庭玉说他爸根本就不用看，闭着眼只用手摸就会说出几经几纬。我说："吹牛呢吧？你去跟牛商量商量！"刘庭玉说："跟你说也是白说，咱们到河里去洗鞋怎么样？"我说："这几天河里连水都没有了。"刘庭玉

227

说他知道哪块儿地方还有水，可以洗一下鞋，还可以洗一个澡，"把手巾带上。"我说哪块儿？刘庭玉说北边那块大卧牛石下边。我和刘庭玉去了，走到跟前，可不是眼前一亮，真是一泓水，清而且好像是不见底。我不由得赞叹起来，觉得这泓水太有诗意，但又想不出哪句诗，小时候背过的诗只记着一句："白毛浮绿水，红掌拨清波。"想了半天，刘庭玉说："你别臭斯文了，咱们洗吧，再想它也是水，又变不成香油！"我俩都把衣服脱了，互相看看下边，想起上次，都笑了一下。扶着大石头往水里下的时候刘庭玉忽然一声惊叫，猛地往后一跳。我也看见了，也一跳，头皮一麻，跟在他后边抱起衣服就跑，水边有一条大蛇，正团在那里，肉乎乎的一团。我和刘庭玉跑出了老远，刘庭玉忽然停住，说："咱们是不是傻X？"我说："什么意思？你什么意思？是不是想把蛇赶走，还是想让它咬鸡巴一口？"我天生怕蛇。刘庭玉说："还说你不是傻X！你看那条蛇大不大？"我说："小不了。"刘庭玉又说："你看它身上不都是肉？"我说："我没吃过蛇肉。"刘庭玉说："没做过的事情太多，女人你X过没？你敢说给你一个你不

228

X?"我和刘庭玉就又赶回到那块大卧牛石，那条蛇居然还在，还懒懒团在那里，这条蛇真是大，我注意它身子的某个部位特别的鼓特别的粗，剥皮的时候，刘庭玉说："这条蛇该不是一条病蛇，是不是长了瘤子？这地方怎么这么粗？"刘庭玉用一根树枝把蛇肚子豁开的时候，一只花冠子大鸟从蛇肚子里掉了出来。刘庭玉说："我们要是早下手也许这只花冠子不会死，也许还会一下子飞起来。"我怕蛇，也恶心那股子腥味，我坐在一边，看着刘庭玉把蛇皮剥了，在水里把蛇洗了，马上是粉白粉白的一条，我说刘庭玉："你想做什么！"刘庭玉说："你还不知道我想做什么？"刘庭玉又说："花冠子身上肉也不少，你看这两条腿，你看这胸脯！"刘庭玉又在水里收拾花冠子，把毛都薅了，一边收拾一边说他家过年吃山鸡馅儿饺子的事，我说我都没见过山鸡。刘庭玉笑着说："你恐怕就只见过你自己的鸡。"我说："当然还有狗的鸡，咱们洗澡什么时候不是一澡堂狗的鸡。"刘庭玉说他输了，怎么就忘了澡堂的事。刘庭玉继续说他们家吃山鸡馅儿饺子的事，说只用胸脯这地方的两块肉，和羊肉剁在一起，味道是特别的香。我说怎么个香，是不是比放了香油还香？刘庭玉忽然长叹一口气，说："这话怎么说？我说香就是香，怎么个香？还真不好说。"刘庭玉说，"中国字就是不好解释，你给我说说'舒服'这两个字是怎么回事？是身上哪块地方的事？我一想，还真是不好说。"刘庭玉说："吃过是一回事，没吃过是一回事，你想说的事只能跟做过的人说。"我说："你吃过蛇肉没有？"刘庭玉说他只知道广东人吃蛇肉，自己还从没吃过，但所有的肉都差不多，把腥味儿去了香味就出来了。刘庭玉用手量了一下那一顺儿已经空洞无物的蛇皮，大叫一声，"好家伙！这家伙有两米长！"我和刘庭玉走出去好远，刘庭玉又要往回走，我说："你还回去干什么，要这条是母的，待会儿那公的回来找它老婆怎么办？"刘庭玉说："那蛇皮也是好东西，我得拿回去，给鱼肚子开开荤，建立建立感情！"

　　天黑后好久我们才去了小眼儿那里，我事先已经从后边的闲房棺材里取了红薯干，进门的时候鱼肚子正在门口处趴着，我把一块红薯干塞给它，它激动的"呜"了一声，马上跑远了，再也叫不出声来，我知道它的嘴是给占住了，刘庭玉以为小眼儿不知道自己手里是什么，把手里白晃晃的一条抖了两三下，小眼儿马上叫了出来，"好家伙，蛇！"刘庭玉说："敢不敢吃。"小眼儿说："是我吃它又不是它吃我，那有什么不敢！"刘庭玉说："会不会做？"小眼儿说："是谁剥的皮？剥这么干净？这家伙剁了就跟鸡脖子一样？就当炖鸡还不行？"小眼儿又叫了一声，花冠子那一小撮肉又让他兴奋了一下。小眼儿说又是蛇又是鸡，这在广东菜里叫"龙凤斗"，刘庭玉和我同时笑了起来，小眼儿转过神来，说看错了看错了，鸡没这么小，是鸟吧？鸟又没这么大？刘庭玉说："你马上做起来就是，管他娘是鸡是鸟，'人饿了看什么都是肉！'"小眼儿说这东西没酒恐怕不行，做出来腥里吧唧到时候也不好吃，也浪费东西。刘庭玉就像是变戏法，从袖口里慢慢退出一个小扁瓶，玻璃小扁瓶。我说："你还有这货？"刘庭玉说这也是他忍得住才放到今天，原想是一块儿喝一口，又吩咐小眼儿酒少放点儿就行，去去腥就行，要不就没就菜的了。我把红薯干拿出来，刘庭玉马上塞一块在嘴里，"呜……呜……"说，"这也是少见的好东西！只是不知道你把它

231

放在什么地方?"我说:"你猜?"刘庭玉说:"你的东西我猜什么?"小眼儿嘴里也塞了一块儿,忙他的去了,只听一屋子刀响。刘庭玉说:"你好不好小点声,惊了别人够谁吃?"小眼儿马上把手上的劲收摄了几分,刀变得轻起轻落,白晃晃的蛇即刻给切成了一小段儿一小段儿,弄完蛇,小眼儿又把花冠子拼成三块儿,小眼儿一边拼一边说到时候一人一块儿也不用争抢。又转身,葱找了一把,姜却没有,又找了花椒和八角。小眼儿倒问我和刘庭玉:"还放什么?"刘庭玉说他要先睡会儿,养好了精神再吃这龙凤斗,"有什么你就放什么。"我不睡,我看小眼儿做事,我说有鸡巴放不放?刘庭玉说那就是"棒打龙凤"了。三个人一起发了一阵笑。小眼儿把锅烧热了,油接着下去,"吃"的一声。小眼儿说:"这是我的那份儿油。"我说:"油都在你手里掌着还不都是你的油?"小眼儿说人们都有眼,嘴上不说还不会看。又"吃"的一下,"多放点吧,好不容易有今天。"小眼说,又把葱投下去,屋里马上是"哗"的一声。刘庭玉忙一欠身,说你弄这么大声音是不是想让他们都过来会餐?小眼儿把八角和花椒投进去,也不敢用炒菜的

232

铲子，只用筷子在锅里忙，然后把蛇肉一下子投进去，又"哗"的一声，接着是"噼噼波波"。"火真好!"小眼儿说厨子就盼个好火，忙把锅盖上，又马上打开，酒，"哗、哗、哗、哗"地烹进去，刘庭玉马上说多了多了，待会儿想喝就没了。小眼儿张着两手，手里又是酱油瓶，他说你俩见识多，蛇肉不能放酱油吧？刘庭玉说："我只知道吃，哪知道做？再说我家也没吃过蛇，广东才吃蛇。"小眼手一低，锅里"嚓"的一声长响。小眼儿说："多倒点儿也能去去腥。"刘庭玉不再睡，盘腿在炕上，说："按说蛇肉就是龙肉，今年没下一点点雨，咱们这是吃龙肉，把龙肉吃了就更没雨了。"我说："刘庭玉你别胡说好不好！我虽然不信这些，但你也别这么说。"小眼儿说："你们在什么地方逮了这么大条蛇？"刘庭玉说："河边那块大石头下。"小眼儿说："打井队见天在外边转还没见过几条蛇。"我说："蛇可能也吃不上什么东西？"刘庭玉说："你这是瞎说了吧？它连天上飞的都能吃到嘴里还说它没吃的。"小眼儿说："蛇吃东西只要一吸，鸟在天上飞，它仰起脖子只要对准了一吸。"我说："瞎说吧，能不能把天上的飞机吸下

233

来?"刘庭玉就笑了起来,说:"哪还要导弹做什么。"这时锅里已响成一片,香气也渐渐出来。小眼儿忽然说:"关了灯吧。"刘庭玉说:"反正也吃不到鼻子里。"关了灯,屋里给灶火照得即刻活了起来,屋子里好像到处都在动。这时门外有动静,我吓了一跳,刘庭玉也吓了一跳,一下坐起来。

小眼儿说是狗。放进来,果真是狗。

"这家伙闻见香了。"小眼儿又说。

小眼儿把锅盖一下掀起来,果然香。

刘庭玉算算,说:"四个月了没吃肉,都不知道肉是什么味儿。"

小眼儿出去绕了一遭,说,"放心吃,没人。"

蛇肉其实也说不上香到哪里去,只是那花冠子的腿香。酒不多,我和刘庭玉还有小眼儿都撮了嘴一点一点对付,像喝毒药乐果。倒是鱼肚子比我们兴奋,满地上"呜呜呜呜"转来转去啃骨头,但那哪是啃,我们吐到地上的骨头都给鱼肚子打扫得干干净净,再也找不到一星一点骨头渣。"这可好,你都不用扫,狗嘴就是扫帚!"刘庭玉说:"我可是要解决一下了,有没有纸?"我说:

"我也要去。"刘庭玉忽然笑了，说："其实咱们都不用用纸。"我看看小眼儿，也笑。我下了地，又叫一声："来，鱼肚子!"拉屎这事有时候好像也会传染，小眼儿说也要去，便也跟着，还抬手从墙上撕了纸，三个人到了后边，树底下，迎着风把距离拉开，都蹲了，小眼儿一边揉纸一边说国庆节快到了，国庆节到了我们就该走了。我接了纸，刘庭玉那边也接了纸，刘庭玉说："你们下一站去哪儿?"小眼儿说："这回是要去黑石所。"刘庭玉说："我知道黑石所，那地方都是黑石头。"刘庭玉才蹲了一下又立起身，说："从小就习惯了，总是先撒尿后拉屎，分开进行，不撒完尿就没法儿拉。"刘庭玉站在那里，身子抖了一下，"哗哗"的声音响过，重新又蹲下来，说长辈从小就告诉他晚上撒尿就不能朝着北边，怕把北斗给用尿灌了，一辈子翻不过身。我说，"那你刚才还朝北?"刘庭玉长叹一声，说："这辈子运气已经坏透了，累个死不说，吃也吃不饱，翻一下也许好运气就来了。"我说，"那你怎么不早说。"说着我便蹲在那里把劲使下去，但连一点点尿意都没有。这时候又有了动静，是鱼肚子过来了。

235

刘庭玉在暗里笑了一下，对小眼儿说，"瞧，它帮忙来了。"

小眼儿小声说，"回去!"

鱼肚子站住，掉回身子，一摇一摇，远了。

我蹲在那里把脸放在膝盖上，远处，有颗大星。

鱼肚子的记性就是好，也可能它从来都没吃过那么好的东西，往后的日子只要一喊它就会过来。我和刘庭玉又去了几次河边，那块大石头下边的水明显浅了许多，但每次去都没有什么收获，好像是世界上就只有那么一条蛇。刘庭玉说蛇肉真像他妈鸡肉，我说对，感觉真是像在吃鸡脖子。刘庭玉忽然想起来了，问我那天晚上那张蛇皮呢？是不是鱼肚子给吃了？我说我也忘了。刘庭玉长叹一声说其实蛇皮也肯定很好吃。我说起码不可能炖吧？刘庭玉说："你是个傻X，那怎么炖？"以刘庭玉的想法是应该像拌凉菜一样拌着吃，若干年后我去福州，朋友楚楚请我吃饭，上来的一盘菜我一开始以为是拌海带丝，吃一口又分明不对，问一声，楚楚说是蛇皮。我当即想吐。

236

我忽然也想起我们那天的蛇皮，可能是忘了给鱼肚子了。

国庆节一过天就要冷了，打井队要走了，我和刘庭玉没事总去和小眼儿坐着说话，小眼儿告诉我是机器先走，人后走。刘庭玉说当然没有人先走机器再走的事，机器又没长腿，还不是废话。打井队走之前发生了几件事，一是打井队那边居然吃了一顿炸油饼，小眼儿悄悄给我和刘庭玉拿了两张，说："黑石所又不远，你们有工夫就过去看看我，也算认识一场。"刘庭玉说："你要是炸油饼就喊我去。"小眼儿就笑，说："还是我这个人从小苦惯了，过日子知道节省，给他们省下些油，要不哪有油饼吃。"打井队那边拆架子、装箱子，村子里的人们在周围看，都木木的，就这么乱了两天，我们也远远看着，听见鱼肚子在叫，兴奋地在叫，好像遇到了什么喜事。那个高高的井架子最后拆，拆下后天就黑了，要走，也是明天或者是后天。我对刘庭玉说，"时候到了。"刘庭玉这家伙还装傻，说："什么时候到了?"我说："再不办就怕没机会了?"刘庭玉说："你要办什

237

么?"我说:"你今天听到什么了?"就那天,我们听到了鱼肚子猛地尖叫了几声,叫声很怕人,很凄厉,叫声像一根线,叫着叫着就远了,然后,不叫了。

刘庭玉说:"你打算怎么办?那家伙鬼精!"

我说:"我都准备好了,我留了两个窝头。"

刘庭玉从口袋里也掏出两个,说这就是鱼饵。

我说:"到时候怎么办?找口锅煮了?"

刘庭玉说:"不能那么办,鱼肚子浑身没那么多肉,不能让人发现。"

我说:"那能怎么办?小眼儿行不行?让他给做行不行?"

刘庭玉从衣服口袋里掏出个包儿,包里是八角和一些花椒,还有干辣椒。刘庭玉又从另外那个口袋里掏出那个扁扁的酒瓶子,我说:"好家伙你还有?"刘庭玉说:"不是酒,酒能是这颜色?"我才知道是酱油。刘庭玉说他想好了,把鱼肚子搞到手后还要从地里弄些大葱,大葱是越多越好,最好能填鱼肚子一肚子。刘庭玉说不但要把葱填到鱼肚子的肚子里,还要把所有调料都填到它肚子里去。刘庭玉说:"我这么说你明白了没有?"我拍一下腿,说:"你是不是想烧着吃?"刘庭玉说:"你这家伙太聪明了!"我说:"不是我聪明,你上次不是这么烧过黄鼠?"刘庭玉说:"黄鼠和狗能一样?狗应该往肚子里抹大酱,最少抹半盆大酱!"我说:"去什么地方弄大酱?"刘庭玉长叹一声说:"没有粮食还做什么大酱?满村子现在都找不到一点大酱。"我说:"你准备在什么地方做?你又得剥皮,又得处理下水?还不得挖个坑?还得拣柴火?"刘庭玉说:"柴火倒不必多,说狗肉不能烤熟,要焖熟。"我说:"那可难,去哪找锅?"

"你真是傻X。"刘庭玉说,"你就不知道在土坑里焖。"

刘庭玉这么一说我就明白了,挖坑,在坑里点火烧一会,火要灭的时候把狗放进去再把坑用土埋严实,过半把个钟头一条狗保证熟得稀巴烂。

我说:"咱们找鱼肚子去吧,这家伙现在不知道在什么地方?"

刘庭玉说:"要不,把小眼儿也叫上吧,往后咱们也好去去黑石所。"

我说："行，鱼肚子再瘦咱们两个也吃不了。"

"他来了就省得我动手了。"刘庭玉说狗肉最腥。

"要不，晚上。"我说，"小眼儿那地方挺不错，关了门在他那里做。"

刘庭玉说煮狗肉的味儿太冲，人都有鼻子。

我们一边走一边说话，过了土堆，看到小眼儿了，正站在那里望着远处发呆。我和刘庭玉站在土堆上，然后又蹲下来，让风从后边吹着挺舒服，我俩看着他。小眼儿说："你们俩下来，鱼肚子这家伙怎么就不见了？从早上就不见了？"我说："现在是二八月？"小眼儿说："二八月？狗都饿得没了发情的意思还二八月？再说它跟谁去发情，村里的狗早都变成了大粪，它又不能跟羊去发情。"刘庭玉笑了一下："狗干羊？是马戏!"小眼儿也笑，说："听说黑石所那边野兔子多。""你有没有枪？"刘庭玉说。小眼儿说他哥有，但是给没收了，说那边可能要打仗，民间的枪都要上缴。我想半天，还是不明白，打仗给人们发枪才是，怎么反而把枪都没收了。刘庭玉说国家的事，谁让这里靠苏联近。

"鱼肚子呢？"小眼儿两眼不知往什么地方看，说，

"这家伙命真大!"

"口琴吹得挺好。"刘庭玉说，"谁的口琴。"

小眼儿说："那玩意谁不会吹。"

刘庭玉说："我那口琴可惜换了烧饼了，两个烧饼。"

"胆子真大，还敢吹《莫斯科郊外的晚上》。"刘庭玉说。

小眼儿说："离北京这么远，天高皇帝远。"

光说话没什么意思，我和刘庭玉去找鱼肚子，能看着的地方我们不喊，看不着的地方我就喊那么一两声："鱼肚——鱼肚——"地里的庄稼收拾得差不多了，高粱都给砍了头，玉米也失去了往日的精神，它们的腰间没了货，像是一下子就没了底气，叶子都黄了。我和刘庭玉在地里喊了一气，喊得蚂蚱乱跳。刘庭玉说："鱼肚子这家伙真精，是不是会掐算？是不是躲起来了？"我说："不可能吧？它要是那么通灵这辈子就不转狗转人了。"刘庭玉说："哪天你一喊它不出现？今天真是邪了!"我又喊，平时我这么一喊鱼肚子就是不出现也会在远远的地方叫几声，这真是邪了。我说动物和人都一

241

样，肯定会预感到一些什么？刘庭玉说要说预感也可能，说他父亲去世那年好好儿的院子里的一棵桃树忽然就死了半边，后来养在花盆里的花也都忽然一下子死了。我忽然也想到我碰到过的预感，我老妈病危的时候有一只猫头鹰整天在我家旁边的树上叫，那只猫头鹰肯定是预感到了什么？刘庭玉说这种事不信归不信还真有。

"就不信鱼肚子能跑到天上！"刘庭玉说。

"是不是已经给谁打了吃了？"我说。

刘庭玉忽然说去河边看看怎么样？我说那块大石头下的水现在肯定有一人深，前几天下的雨不小。刘庭玉说也许能洗个澡，我说最好别再碰到一条蛇。刘庭玉说："你说错了，最好是再碰到一条蛇，给你肉你还不想吃？"

我和刘庭玉去了河边那块大石头旁边，那里的水果然亮光光大出一片，水里都是天上的云。大石头西边那一片芦苇不知什么时候已经黄了。我忽然对刘庭玉说鱼肚子会不会在这地方。刘庭玉说它来这地方？除非有母狗。我忽然心跳起来，我好像预感到了什么？我喊了一

242

声，只轻轻喊了一声，马上就听到了一声凄厉的叫声，好像就是鱼肚子！刘庭玉说想不到还真在这里！刘庭玉也喊，鱼肚子又答应了一声，声音十分凄厉，有点怕人。"这家伙肯定是猜出来了，猜出咱们没安好心要吃它。"刘庭玉说："它在就好，咱们把它引出来。"我说："你听声音是不是在芦苇里?"刘庭玉说你再喊，我又喊，鱼肚子又答应了一声，是在芦苇里边，但它就是不出来，要在往常它早出来了。我说鱼肚子你个狗日的快出来吃东西！刘庭玉也大声说鱼肚子出来给你东西吃。鱼肚子在芦苇里又叫了一声，声音更加凄厉。刘庭玉把他的窝头取了出来，住芦苇鱼肚子叫的地方扔了一块儿，鱼肚子又在里边叫了两声，但还是不出来。我和刘庭玉都有些发毛，互相看看，狗这东西实在是太聪明了，聪明而且有预感，它怎么就忽然不再相信我和刘庭玉了。刘庭玉说它这么聪明就更要吃了它！刘庭玉说："咱们进去把它给拉出来。"我和刘庭玉往芦苇里走的时候我忽然吓了一跳，我说鱼肚子不会是给大蛇咬住了吧？刘庭玉也有点怕，说不会吧，北方不会有蟒？要想把鱼肚子咬住就必须是一条蟒。我和刘庭玉每人找了一根棍子，我用棍子探着往里边走，我喊一声，鱼肚子就叫一声，声音真是怕人，我再喊一声，鱼肚子的叫声就更近一些，我和刘庭玉钻到芦苇深处了，这地方有蛇没蛇我不敢说，但我马上就看到鱼肚子了。鱼肚子伏在那里，它的样子真是怕人，皮毛上都是血，浑身的皮都烂了，一只耳朵也不见了，我和刘庭玉一出现，鱼肚子就仰着头哀号起来。我往前走它就努力想往后退，但它怎么努力都站不起来，刘庭玉看看它拖在后边的两条腿，那两条腿已经断了。我俩站住不动，鱼肚子也就不动，浑身却一直在抖，我把一块窝头扔给它。它马上大口大口吃起来。

"操！真饿坏了。"刘庭玉说。

我说："鱼肚子都这样了，你什么意思？"

刘庭玉说："有人比咱们先下手了，想吃它的肉。"

我说："可能是什么人？什么人这么狠？"

刘庭玉说："你脑子里肯定是有糨糊，这还用问，肯定打井队的人，他们要走了，还不把它给吃了！"刘庭玉说："可怜它是怎么跑出来的？看看这两条后腿都断了。"刘庭玉说，"什么最残忍，还不是人？"我说：

"我们也残忍，我们还不是想吃了它?"刘庭玉说："我们也不残忍，是吃不上东西挨饿的那种难受劲最残忍!"我和刘庭玉就蹲下来，鱼肚子估计有两天没吃东西了，把我们带去的四个窝头很快都吃光了。我站起来，说："怎么办?"刘庭玉蹲下去，说："还能怎么办?"我也蹲下去，说："还能把狗打成个这样? 是不是小眼儿做的事?"刘庭玉说："肯定不是一个人动的手，太惨了!"刘庭玉立起身，把装酱油的瓶子从口袋里掏了出来，看看，闻闻，又看看，手一扬，瓶子朝河那边飞了出去，在空中划出一个亮弧。

从芦苇里钻出来的时候我又忍不住回头叫了一声，"鱼肚子——"

鱼肚子又在芦苇中呜咽了一声。

"操! 人们都饿疯了!"刘庭玉说。

打井队一走天就凉了下来，下过两场雨，天就更凉。那天刮大风，有什么给从房顶上刮了下来，有人当下就给吓得乱跑大叫，说房顶上有一条大蛇，蜕下这么老大一张皮? 便有人缩着，身子缩小，脸也一下缩小，缩着身子慢慢上了房，手里是一个叉，叉草的叉，房上垛了些草，叉半天，却什么都没有。有人在下边说蛇可能就藏在烟囱里，便一桶水一桶水马上传上了房，传上房的水很快从屋里灶口里直射出来。有人又忽然说起丢鸡的事，我和刘庭玉只蹲在那里笑，有人问刘庭玉笑什么？刘庭玉说，腿痒！

"这么大的蛇，能炖一锅肉！"有人在旁边说。

但没人说到鱼肚子，天又要下雨了，北边天空上的云黑沉沉的，正朝这边慢慢慢慢漫过来……

水　塔

　　刘北亮的媳妇很喜欢吃酸菜土豆做的菜，刘北亮如果没什么事就总是在家里给媳妇做饭。做这个菜要放些羊油在才好吃。过八月十五的时候刘北亮买过两条羊尾巴，现在做菜他就喜欢放些羊尾巴在菜里，刚刚进入冬天，天还不那么冷，在这个季节吃这个菜让人觉得暖洋洋的。刘北亮一边吃饭一边对媳妇说："你别翻墙了，小心掉下去。"刘北亮媳妇说："你看见我了？我在墙那边摞了些砖头，这边我踩着那个破箱子，没事，也不会有人看见，给树遮着。"刘北亮把油辣子递给媳妇，要媳妇往菜里放些油泼辣椒，这么一来菜就会更香，会让吃的人大汗淋漓。"绕路就多绕几步路，总比跳墙好，要是摔着了怎么办？"刘北亮又说，说货场就不该把这边的门堵了，给人们找麻烦，天天上班绕那么远的路，吃不胖都跑瘦了！刘北亮的媳妇说："没事，我还年轻。"刘北亮说："要这样你中午就别回来了，到时候我把饭从墙头上给你递过去。"刘北亮问媳妇："中午在仓库里能不能歇会儿？"

刘北亮媳妇说："库里生了一个大火炉子，每天人们都在上边热热饭，在旁边打打扑克。"

"能不能坐着歇一会儿？"刘北亮说骡子马都是站着睡觉。

"能坐一会儿。"刘北亮媳妇说，"咱们就是人里头的骡子和马。"

"我真没用。"刘北亮说，"我要是有用的话就不让你受这个苦了，还用爬墙头，哪天要是不小心摔了还不让人笑话死我？你弟弟也不会让我。"

"又不是我一个人。"刘北亮媳妇说这几天好多人都翻墙，又说看天色要下了，就是不知道这一次要下雨还是下雪。

刘北亮说："不会下雪吧，天还没那么冷，我还准备去钓鱼呢。"

"该买白菜了。"刘北亮的媳妇说买十多棵就行，再多也没地方放，到了上冻的时候白菜又要贵了。

"要是再钓一条像上次那么大的鱼就把它腌了，都切这么大块儿，能吃一冬天。"刘北亮比画着说。

每天早上上班之前，刘北亮媳妇总是先起来收拾一下，早上的饭也总是她来做，也只是把昨天晚上剩下的粥热一下，早上他们一般都不吃菜，就着热好的粥吃两块干馒头片就是一顿早饭。这天刘北亮对媳妇说："你再躺一会儿，再躺一会儿。"刘北亮媳妇以为刘北亮又想那个了，说："你晚上已经那个了，你现在是不是还想？你不累？"刘北亮咧开嘴笑着说："今天你不用起这么早，为什么我现在不说，我待会儿告诉你。"刘北亮媳妇把脸凑过来，用一个手指轻轻碰碰刘北亮嘴里的一颗牙，说："你这个牙也该补一补了。"刘北亮说："又不妨碍吃饭。"

吃过早饭，刘北亮跟媳妇一块儿出了门，一出家门，刘北亮就拉着媳妇的手猫着腰朝北边墙根走，那边种了不少树，当年上边总是有人下来检查，厂子里为了给人们留个好印象就总是种树，在墙根下种了不少杨树，人们都把这种永远长不高的杨树叫作"老头杨"，这种杨树的好处是老也不死，但老也长不高，刚刚能把墙遮住。刘北亮拉着媳妇到了那个地方，树叶子这几天差不多都落光了，刘北亮的媳妇就看见了那个洞，墙上有一个洞，刚好能钻过一个人。刘北亮的媳妇还没来得及说话，刘北亮就咧着嘴笑着说：

"我悄悄给你掏了个洞，你就不用翻墙头了。"

刘北亮媳妇说："你这个洞掏得还真有水平，离远了还看不到。"

刘北亮说："那当然，这个洞是你的，只能你一个人钻，别告诉别人。"

刘北亮猫着腰跟着老婆从洞那边钻了过来，一下子就看到那个水塔了。

"哪天我要再爬上去看看。"刘北亮说。

"你上去看什么？"刘北亮的媳妇说。

"听说马上要拆了。"刘北亮说，"也许要用爆破，到时候不能误了。"

"你别上。"刘北亮媳妇说，"上那上边做什么？"

"你忘了上边了?"刘北亮说。

刘北亮媳妇还真想不起水塔上边会有什么?

"你上去看看不就明白了吗?"刘北亮咧开大嘴笑了起来。

刘北亮媳妇最爱看刘北亮把嘴咧那么大地笑,说:"你一笑连大牙我都能看到。"

刘北亮说:"今天我去钓鱼,再给你钓条大的!"

"鲤鱼最不好吃了。"刘北亮媳妇说,"我不要吃鲤鱼,吃鲤鱼就好像吃了一嘴土。"

"那我给你钓几条别的。"刘北亮说。

"你先把头发理理。"刘北亮的媳妇说,"再长就成熊了!"

刘北亮看着自己媳妇往仓库那边走,他想对自己媳妇说要是天气不冷晚上自己想再去钓一回鱼,晚上用手电往水里一照,都是手指头那么大的鱼,大一点儿的鱼就藏在小鱼的下边。那种手指大的小鱼也能吃,但必须得用网,这种小鱼要做鱼干儿,先用盐腌了,再放在火上烘干,以前厂里的锅炉房就可以烘小鱼儿,现在锅炉房没了。刘北亮小声叫了一声自己媳妇,又朝她比画了一下，要她下班的时候再从这个洞钻回来。

刘北亮没马上回去，却慢慢朝那个水塔走过去。水塔在早晨看上去白得有些耀眼，想了想，刘北亮还是没往上爬，他绕着水塔看了看，决定还是去钓鱼。刘北亮长这么大没什么可以骄傲的，只有一件事简直可以说是轰动，就是去年夏天他吊上一条一米半长的大鲤鱼，那条鱼是用自行车推回来的，浑身银光闪闪！身子在自行车后座上搁着，尾巴却拖到了地上。因为那条鱼，几乎是所有的人都一下子认识了刘北亮。刘北亮现在没事就想去钓鱼，想再钓那么大一条，想再让自己骄傲那么一回。天可能是真冷了，鱼不太好上钩，刘北亮最近一连钓了几天都没什么收获。以前钓不上鱼他还会在水里洗一个澡，现在水太凉了。

下午的时候，刘北亮正在理发，有人在外边敲敲玻璃，对刘北亮说让他马上回去一趟。"回哪儿?"刘北亮说，"你把话说清楚点儿。"说话的人马上发现自己表述有误，又敲敲玻璃，说："不是回你自己家，是让你回厂里一趟。"其实来找刘北亮传话的人又说错了，现在哪能还有厂？厂早停了，人早下岗了，厂子已经变成货场了，是货场那边要刘北亮去一趟。刘北亮不知道会有什么事？他让师傅洗头洗得快一点儿，以至于他站到货场办公室里头发还没有干，湿漉漉的像刚从水里钻出来。刘北亮进办公室的时候就看见自己媳妇也在里边，正和办公室里的人大声争执什么？脸都争执红了。办公室的墙上贴满了卡片，那种火柴盒样的小卡片，小卡片上都写着什么？这时有人从外边进来，从墙上取了一个卡片又走出去。刘北亮媳妇大声说话的时候办公室里的人们都看着她，刘北亮从外边进来后办公室里的人们又都把目光对准了他。这时又有人进来，从墙上取了个卡片又出去。

"问题是没看到别人，就抓到了你。"办公室的那个头儿继续对刘北亮媳妇说他的话。

"看到我就是我啦？"刘北亮的媳妇说宪法有没有这种规定？

"那当然。"办公室的头儿说别人没事在墙上弄个洞干什么？

"总不能说我从那地方钻过墙洞就是我弄的。"刘北

253

亮媳妇说。

刘北亮马上就明白是怎么回事了，刘北亮连想都没想，这种事再大也大不到哪里去，顶多不过再把那洞给堵上。刘北亮说："这事你别问我媳妇，你问我就行，是我干的，我媳妇上班绕路绕得实在是太远了，我不掏那个洞她就跳墙，摔坏了怎么办，医院又不是给我们开的。"刘北亮的意思是，如果不让在墙上开洞，那个洞自己可以马上就再用砖封起来。要是没什么事自己就和媳妇要回去了。

"掏个洞，补起来就行？"办公室的头儿说，"哪有这么便宜的事，这是货场。"

刘北亮就看定了办公室的头儿，想听听他说怎么办？

办公室的头儿也正盯着他看，脸上像是没一点点表情，既不生气，也不高兴。

"我补起来还不行？"刘北亮又说。

不知为什么办公室的头儿重重叹了口气，说："补墙不能解决这种事，要罚款。"

"你是不是以为我们挺有钱？"刘北亮说。

"这不是钱不钱的事。"办公室的头儿说。

刘北亮说："既然说不是钱的事，那我把墙洞补起来还不行？"

"要是人们都在墙上掏洞，你说这墙到时候还会不会是墙？"办公室的头儿说，"也不多罚了，就罚两千。"

刘北亮猛地一拉媳妇就从办公室里冲了出来，说："别说两千了，就是二十我也不能让他们罚。"刘北亮说："我连补也不给他们补，他们又没抓住我，凭什么要罚。"刘北亮这么一说他媳妇就推推他小声说："坏就坏在你身上，谁让你一进门就承认墙洞是你掏的？"

"破墙洞！妈的！"刘北亮说。

"想想别的办法。"刘北亮的媳妇说，"就是别把事情闹大了。"

"你说我想什么？"刘北亮说。

刘北亮媳妇说："要想回家想，回家吧！"

刘北亮说："我要是在别处再掏两个洞，看他们罚谁去。"

"算了！"刘北亮媳妇说掏洞也挺费劲儿。

"没什么了不起，只不过我现在一分钱也挣不到。"刘北亮说，"人要是不走运做什么都不成，今年连钓鱼都钓不上条像样儿的。"

刘北亮的媳妇说："要不你就去钓鱼去吧，也许今天就能钓上一条大草鱼。"

刘北亮没有去堵墙洞，他又从墙洞钻到了那边，他提着他那个小铅桶，铅桶的好处在于不容易生锈，凡是钓鱼的都羡慕别人有这么一个放饵料的小铅桶。刘北亮提着小铅桶想去挖点儿蚯蚓然后再去钓鱼，他想趁天气好再好好儿钓几次，要是自己真能再钓上几条大鱼，也许就能让媳妇高兴高兴，已经是冬天了，虽然天气还不那么冷，这时候要想挖到蚯蚓就必须要到水塔下边的那小块儿菜地去，现在已经很少有人知道那地方原来是一小块儿菜地，因为已经没人在那里种菜了，当年种菜的是食堂里的人，也就是种种大葱和香菜，那地方有很多蚯蚓，只要把地皮挖开就可以看到紫红色的蚯蚓在下边游动。水塔马上就要拆了，下边的管道早就掐了，刘北亮记得有条总是漏水的水管，一年四季总是慢慢往外漏，所以那地方总是一片泥泞，所以才会有人在那里种一小片儿菜，所以才总是有蚯蚓，但现在水管被掐了，那片菜地早变得硬邦邦的，蚯蚓是不会在硬邦邦的地里游来游去。刘北亮感到失望，他左看看右看看，断定了水塔周围不可能再挖到蚯蚓，他忽然又不想去钓鱼了，钓鱼有什么意思？什么意思也没有！他把手里的铅桶一甩，"砰"的一下扔在了地上。

刘北亮仰起脸，把头往后背，看了看水塔，好像有什么已经召唤了他，他朝水塔走了过去，连刘北亮自己也没想到自己真会去爬水塔，他先是用手摸了摸水塔上的铁扶手，铁扶手很凉，他已经把一条腿跨上去，他上了水塔的第一个扶手，接着就又上了一个，上到第三个扶手就可以看到食堂的房顶了，食堂房顶上放了很多打成捆的大葱。刘北亮什么都没想，三下两下就爬到了水塔的顶上，水塔很高，上去才觉得下边一切都变小了。刘北亮觉得自己身手还可以，还能这么快就爬上水塔。刚来厂里上班那年，厂里的年轻人因为比赛爬水塔还让厂里大会批评过，那时候人们真是精力旺盛。因为爬惯了，后来刘北亮简直是迷上了晚上爬水塔，当然那是夏天的晚上，在水塔上边看星星，星星是又大又亮。在下边看上去很小的水塔其实并不小，水塔上边有一间房那么大，当年有人在上边吹口琴，还有胆大的人敢在上边跳新疆亚克西，为了安全，水塔上边还是有一圈扶手。那一次刘北亮拉上自己媳妇往水塔上爬，有一只大鸟刚好才开始在水塔扶梯上筑巢，在最靠上边的扶手上粗粗拉拉刚横七竖八搭了些树枝。刘北亮记得清清楚楚自己还在水塔上边用粉笔画了一个心形的图案，要是在现在，自己肯定不会画那种图案，但那时候自己确实画了，而且还在心上画了一支箭。刘北亮爬上水塔第一个念头就是想看看当时画的那个图案还会不会在。水塔上边的风明显很大也很凉，上边什么也没有，只有在水泥裂缝里长着一些草，那些草早已经黄了，只有根部还有一点点绿。刘北亮在水塔上站起来，扶着栏杆把身子慢慢转过来，长嘘了一口气。连他自己也说不出为什么忽然有种说不出的伤感，那伤感简直就像是一股凉气，从心里一下子就冒了上来，刘北亮又慢慢慢慢蹲了下来，一只手还抓着有些冰手的铁栏杆，一只手却捂住了自己的眼睛，眼睛被捂住，刘北亮觉得自己的鼻子却又酸了起来，刘北亮觉得自己心里真是很难受。

也就是这时候有人发现了水塔上边有人，发现水塔上有人的是货场的厨子，货场的小食堂几乎对所有的人开放，所以一天到晚总是忙，来这里吃饭的有司机，有客户，有装卸工，也有从外边过来谈生意的客人。厨子正准备蒸馒头，他把发好的面揪了一个小面团在火上烤了烤，想看看碱兑得怎么样？他这几天有点感冒，鼻子不大好使。他把那个烤过的小面球儿掰开让旁边的小伙子闻闻是不是碱太大。

"好家伙！又有人想不开了，上水塔了！"厨子看见水塔上站了个人，大声说。

闻面球的年轻人没动窝，甚至都没往那边看，说："那都是假的，没一个真敢往下跳。"

"那也说不定。"厨了说现在的人什么都敢。

"真想死还会在大白天。"闻面球的年轻人说，"晚上多省事。"

"问题有人就是想要死给别人看！"厨师说不见得所有想死的人都愿意悄悄去死。

厨师说死人总是件晦气事，他可不愿这种晦气事发生在离自己不远的地方，人从那上边掉下来还不是个肉饼子！厨师张着两手的面慌慌张张跑着去了货场办公室。

从下边往上看，只能看到水塔上刘北亮的上半身。

　　人们聚到水塔下的时候刘北亮脸正朝着北边，北边的那个湖早已经干涸了，只能看到干涸的湖底，湖中心原来还有一个岛，岛上长着些红色的小灌木。因为刘北亮脸朝着北边，他没看到有人已经聚到了水塔下边，货场办公室的头儿说先看看是不是搞爆破的，别弄错了。眼力好的人马上就认出了站在水塔上边的是刘北亮，说刘北亮这人是不是心眼太小了，总不能为罚两千就去跳水塔吧？办公室的头儿说不可能吧？要这样这人就不正常了。旁边的人说就怕遇见不正常的，要是正常就好了。办公室头儿说这种事得报案，报110，要真从上边大头朝下一下子栽下来就不好交代了。110很快就拨通了，110那边说："七八个气垫都拿出去出现场了，备用的也拿出去了，想不到今天事真多！我们人可以马上过去，但你们也得做些准备工作。"办公室的头儿说："怎么准备？总不能现在就和火葬场联系吧！"110那边说："看看有什么可以在下边垫一下的东西，人掉下来不至于一下子就摔成个肉饼子。"

"赶快赶快，有多少拿多少，先垫上。"办公室的头儿对下边人说。

聚集到水塔下的人们这时正手忙脚乱把苫蔬菜用的那种脏了吧唧的棉被往开铺，水塔上的刘北亮已经看到下边的人了。他不知道下边怎么会一下子来了这么多人，他往下看的时候下边有一个人说话了，因为仰着脸又用了很大的劲儿，嗓子一下子就变得又尖又细很不真实起来。说话的是个菜贩子，货场把所有在这里做买卖的都叫菜贩子，其实这个菜贩子是个卖鱼的，脸上手上身上总是粘着鱼鳞，洗澡的时候经常会把银光闪闪的鱼鳞带到澡堂子里。他认识刘北亮，还知道刘北亮曾经钓过那么老大一条鱼。他招着手对上边大声说："兄弟——有什么事好好儿说说，兄弟——你先下来，有什么事你先和我说说。"卖鱼的菜贩子把手招了又招，这时候下边的人又回去弄来了一些苫蔬菜的棉被，他们要把下边铺得厚厚的，能怎么厚就怎么厚，但他们也明白，这种棉被就是铺上十层，人从上边掉下来也不会好看。在下边铺棉被的人都有些担心，担心上边的人弄不好会掉在自己身上，到时候自己也许就是个肉饼子，所以一边铺一边紧张地往上边看，其实他们什么也看不见，水塔那个很大的帽子遮得他们什么也看不见，这时候又有人拿来一些草袋子，他们把草袋子又纷纷铺在棉被上。人们把下边铺好，都一下子散开，围成圈儿朝上边喊。

刘北亮马上就明白是怎么回事了，他知道下边的人是误会了，误会自己是想找死，想从上边往下跳。刘北亮用双手扶着铁栏杆站起来，他往外探探身子，想对下边说自己没那个意思，自己只不过是想上来看看。他把身子刚往外一探，下边马上又乱了起来，好多胳膊一下子都举了起来，好像随时准备着把他接住，这突然让刘北亮有些感动，鼻子禁不住又有些发酸。刘北亮想看看下边都站着哪些人？除了那个卖鱼的菜贩子还有没有自己别的熟人。刘北亮往另一边挪挪，再一次朝下边探出身子去，因为此刻下边是站了整整一圈儿人，估计过一会儿人还要多，他想看看那边，他这么一挪动一探身子，下边就又一阵子骚动，下边的手就又举起来，好像他一旦跳下去他们就真能把他接住。刘北亮往那边挪了挪，却不再动，他看到了水塔顶上不知谁写的一大片粉笔字，好像才写不久，前不久，搞爆破的上来过，也许

262

就是他们写的：

士兵赚钱，炮火连天。

农民赚钱，脊背朝天。

渔民赚钱，恶浪滔天。

工人赚钱，黑地昏天。

教师赚钱，长吁问天。

干部赚钱，锣鼓喧天。

小姐赚钱，四脚朝天。

刘北亮忽然忍不住笑了起来，笑得很不是滋味儿，他又回过身，把身子慢慢靠住栏杆，下边的人当然听不到他笑，但人们可以看到他脸上的表情，下边就有人马上说话了，"有什么都好说，上边冷，你先慢慢下来。"这一回说话的是办公室的头儿。刘北亮一看这个人就心里来气，刘北亮不再笑，看着下边，他想把下边的人一个一个都看过来，看看有没有过去老南厂的人，他看清楚了，下边的人里边不但有原来的老南厂人，还有几个和刘北亮很熟，但此刻他们什么都不说，他们都仰着

263

脸，他们心里都很紧，他们的身子也都很紧，他们的下巴那里更紧，他们都不知该说什么？他们刚刚知道刘北亮出了件那事，要说那事也不大，要说两千块也不是那么太多，他们都很难过，他们的心里比别人复杂一些，是难过加上担心。南厂停了后还没出过这种事，现在刘北亮是第一个上去了，他们当然希望他不要往下跳，但好像又在心里希望他做出点儿什么举动？是该做出点儿什么举动了！这时他们又看到刘北亮在水塔顶上朝外探了探身子，下边又一阵骚动。货场办公室的那个头儿马上又说话了，是这句话激怒了刘北亮，刘北亮把一条腿朝外跨了一下。

"你只要好好儿下来，那两千块钱我们就不罚了。"货场办公室头儿说："那墙洞的事我们也不问了，我们会自己找人堵上。"因为他仰着脸，又用了很大的劲儿说话，所以他的嗓子也十分尖，听起来像是另外一个人。

刘北亮觉得货场办公室头儿的话让自己丢脸了，这件事他不愿让任何人知道。其实人们都已经知道了这件事，这种事总是传得很快，但人们都觉着罚两千是太多了，因为人们都认为两千太多，所以人们几乎一下子都站在了刘北亮这边，都认为不该罚，挖个墙洞有什么大不了，堵上不就行了吗？人们还都认为货场应该再把原来东边那个门打开，要不这样，人们上班就太麻烦了，要绕那么个大圈子，吃不胖倒跑瘦了！下边忽然有人说，"刘北亮这么做也不光是为了他个人，是为了大伙儿！"这人把话说了出来，但那些站在旁边的"大伙儿"却没什么反应，他们都不知道该怎么做出反应。

"他女人呢？"这时办公室头儿又说了话，快把他女人找来。

马上有人在一旁说："他女人让货给堵在库里了，把货挪开才能出来。"

"那就赶快挪货。"小公室的头说儿。

"已经挪了，那些卸货的简直就是混蛋，把仓库门堵得死死的！"

其实没用多长时间，刘北亮的媳妇就跌跌撞撞出现了，她还围着装货时的那个塑料围裙，天冷了，一走一"哗啦"，一走一"哗啦"，人们没对她说有什么事，她也不知道发生了什么事，快走到水塔跟前的时候她还没弄清到底发生了什么事，她看见那边围了那么多人，还以

265

为有什么东西又要装卸。有一个人用手朝水塔上指了指要她看，她看了一下，却没看到上边的刘北亮，她走得离水塔太近了，那个卖鱼的菜贩子要她往外走走，她往外退了退，这回她看到了，嘴一下子张开了，她看到了上边的刘北亮。这时候110的人也来了，看了看水塔下边铺的那些东西，马上说不行，说最好再找些筐子来，越多越好，把筐子放在下边，上边再铺棉被，这样人要是跳下来也不会出大事。人们就又都回去找筐子。

"你喊给他听，就说那事没了。"办公室头儿对刘北亮的媳妇说。

"不可能吧？"刘北亮的媳妇说，意思说刘北亮不会往下跳。

"人都上去了！"办公室的头儿说，"你马上喊给他听，那墙洞也不要他补了。"

刘北亮媳妇没喊，却径直朝水塔走过去，人们还没反应过来，她已经开始朝上边爬了，有人想把她拉下来，是110的人。警察的手劲很大，一下两下就把刘北亮的媳妇给拉了下来。110的人要是不拉，刘北亮的媳妇还觉得不会有什么事，110那边的人一拉，她忽然觉得也许真要出事了，她大声对水塔顶上的刘北亮说："刘北亮，你干什么——"她一边大声喊一边又朝水塔那边冲，结果是给旁边的两个人死死拉住了。

"刘北亮——"刘北亮的媳妇把头仰起来，把头往后背，大声地喊，喊得声音都变了形，听起来也像是别人在那里喊，一点点都不真实。这时候有一个警察开始往水塔上爬，这个警察一边爬一边看上边的反应，要是上边的反应太激烈他就会停下来，但水塔上没什么反应，他很顺利地就爬了上去。下边的人看着他爬上去，但看不着他在上边和刘北亮怎么交谈，这时候下边围的人比刚才又多了好几倍。过了只有一会儿，那个警察又出现了，朝下边挥了一下手又开始慢慢慢慢往卜爬，人们都想知道刘北亮在上边都说了些什么，提出了什么条件，人们都想往过挤，但又都给110的人赶到更远的地方去。那个警察从水塔上下来后先和他们的头儿把要说的话说了，然后他们的头儿才跟货场办公室的头儿到一边去说话。人们不知道他们在说什么？刘北亮的媳妇也不知道他们在说什么？后来人们就看到不知是谁把一张纸片递到货场办公室头儿的手里，办公室的头儿开始往纸

267

片上写字，他写得很快，写完就把纸又递给了那个警察，但这次再往水塔上爬的警察却是另外一个人，这个警察爬得也很快，很快就上去了，又很快下来，他从水塔最后一个铁扶手上跳下来的时候蹲了一下，然后再猛地把身子一挺，这个动作很好看，他对周围的人说："把纸条儿递给他了。"又对走过来的货场办公室的头儿说：

"他答应天黑以后再下，现在人多他不下。"

"他现在不下？"货场办公室头儿说着，抬头看看上边。

"他现在不下，他说天黑以后再下。"这个警察又把话重复了一次。

许多人都抬头看着上边，这会儿离天黑还早着呢。

有些人不准备等着看刘北亮往下爬了，返身往回走。

有人还在那里等着，说要是再有人往上爬怎么办？还不如把上边的铁扶手给取了。

天黑以后刘北亮终于从上边下来了，下边的人都等不及了，也不想等了，都回去了，水塔下边那些脏了吧唧的棉被和筐子都在那里厚厚铺着。刘北亮从上边下来的时候天都已经黑透了，刘北亮忽然觉得有些后悔，后悔自己是天黑了才从上边下来，这种事，看得人太多了没意思，没人看也没意思，好像一出戏还没唱完台下就没了人。但也不能说没有人，刘北亮的媳妇在下边站着。她回去又套了件衣服，又给刘北亮拿了一件。她最了解刘北亮，她知道他不会从上边往下跳，他舍得谁也舍不得自己。她给刘北亮拿了件衣服，她怕刘北亮冻着。刘北亮下得很慢，毕竟天黑了。刘北亮还没从上边下来，刘北亮媳妇当然还不能和刘北亮交流，但她觉得丢人是有些丢人，但往上爬了那么一下免了罚那两千也划算了。刘北亮从水塔最后一个扶手上跳了下来，他现在是浑身冰凉。他跳下来对媳妇说的第一句话就是：

"我只不过想上去看看。"

刘北亮的媳妇说："什么都别说了，你人缘还不错，一下子来了那么多人，你看看这些棉被和筐子。"

刘北亮三下两下把衣服套上，牙齿"嘚嘚嘚嘚"直响，套好衣服，他在那摞得老高的棉被和筐子上试着坐了坐，说："真真真真要是，要是从上边跳下来也许还管管管管用。"

　　刘北亮的媳妇说也别在家里吃饭了，都这么晚了。刘北亮媳妇的意思是去货场食堂吃一点算了。刘北亮有些不好意思，说让人看见多不好意思，他这么一说他媳妇就更要去，说这有什么不好意思，既然没什么不好意思他们俩就去了货场食堂。好像是，有很多年了，他们一直都没在外边吃过饭。

　　已经过了吃饭的时间，但货场食堂还有几个人在喝酒，喝酒的人也没因为刘北亮和媳妇的出现而停止了喝酒，他们一边喝一边继续划他们的拳。刘北亮和媳妇坐下，看看墙上的水牌儿，然后点了菜，刘北亮的媳妇格外多点了两道，说既然已经来了，既然今天……

　　厨子在里边炒菜，闻面球的那个年轻人往外端菜，菜很快就炒好了，闻面球的年轻人往外端了一盘，又端了一盘，他把菜放在了刘北亮和他媳妇的面前，人们没听清这个闻面球的年轻人都对刘北亮和刘北亮媳妇说了些什么？人们只听到"卟"的一声，然后就看见这个闻面球的年轻人身子摇摇晃晃一直往后退，一直往后退，终于一下子仰面朝天摔在了那里，人朝后倒下的时候还把身后的一个饭桌也带翻了。人们都没听到他说了什么？但刘北亮和他媳妇听到了，这个闻面球的年轻人上第一盘菜的时候说了一句："人们现在都在装，想死怎么不往下跳？"又往上端菜的时候他又说了一句："现在的人就会拿死吓唬人！其实没一个想真死的！"打他那一拳的不是刘北亮，是刘北亮媳妇，刘北亮媳妇一下子就站起来，一下子就把拳头打到闻面球的年轻人的脸上，刘北亮的媳妇现在手上的劲儿很大，每天装装卸卸让她那两条胳膊上的劲道不比男人差。

闻面球的那个年轻人躺在那里没有起来，鼻子上都是血，他觉得自己有无限的委屈，那委屈是不打一处来。后来那个厨子从里边出来，亲自把最后一盘菜给刘北亮和他媳妇送上来，他看了一眼躺在地上不愿起来的闻面球的年轻人，只说了一个字：

"——该！"

开　会

　　开会是什么？开会就是人们又都终于聚会在一起。有了这个理由，所以人们都从各地风尘仆仆地赶来了，这不是那种每星期都会开的例会，而是每五年才会开一次的会，这样的会重要不重要呢？说重要也重要，说不重要也不重要，但重要的是人们能见见很长时间见不到面的好朋友。所以说会的部分魅力在这里。会是在省城召开的，时间呢，又是十二月底，从二十七号一直要开到三十一号，过了三十一号就是元旦，这就又有点除旧迎新的味道在里边，这个会的部分魅力又在这里。各路人马都兴致勃勃地来了，天灰灰的，人的心里却亮丽着。先是报到，一进宾馆就是报到的所在，一排桌子，桌子上是表格，许多表格，都要填的，桌子后边是礼品，五颜六色，堆得老高，要多乱有多乱，而且呢，又是要多热烈有多热烈。来开会的人们，既想马上报完到领完纪念品进驻自己的屋子，又不想误了和朋友打招呼的机会，就这样左左右右地乱着，笑着，说着。好像是，在这乱之中又有些节日的味道，而且，会议的礼品也丰厚，很大的提包，因为大，就显得阔气，而且让人意想不到的还有酒：每人两瓶，这是过去没有的事。而且呢，还有一盒神秘莫测的药。药盒不大，上边的药名让人浮想联翩情绪振奋：魔根。根是什么呢？这真是一点都不难理解。好了，人们领到了自己那一份儿礼品，然后，各自找自己的房间去了，进了房间，又忍不住把那酒取出看了看，又忍不住把那一盒"魔根"拿出来细看，想不到却是新研制的一种保健药，但这更好，可以为开玩笑找一点资料。如果真是春药倒不好拿来开玩笑了。

王永民左手提了酒，右手抱了那大提包，胳膊里夹着自己从家里带来的黑皮子背包。他想不到这次会议会发这样大一个提包，他觉得自己真是没脑筋，怎么会带个背包来。上了楼，到了，用那电子钥匙，对准了，一

273

次、两次、三次，"吱吱吱吱、吱吱吱吱，"终于开了房间门。他发现，和他同一个屋的人已经来过了，而且还抽过一支烟，屋子里弥漫着烟味儿。现在呢，这个人又出去了，先他而到的这个人已经占据了靠窗的那张床，两个鼓鼓的银灰色的包放在靠窗那边的地上。这是谁呢？王永民把手中的东西都放好，看着那两个包，想了想，还是不知道。他站到窗那边看了看，这里的天空好像永远是灰灰的，没一点点蓝的因素。从窗里可以看到下边的一个湖，湖面都已经结满了冰，亦是灰灰的。王永民又去卫生间看了看，挺干净，王永民揭起抽水马桶的盖子，而且呢，马上就撒了尿，其实他没有多少尿意，但是一见马桶就想进行一下，是礼节性的，像是一次造访，对马桶的造访。

会议日程王永民都看过了，下午是预备会，这时才十点多，离中午饭还有一段时间。王永民吹着口哨下楼去了，这表明他心情愉快，他一想名单上吴月这两个字就激动。吴月是他的女朋友。吴月在他的心里永远就像是一弯新月，细细的，好看的，不爱多说话，总是含情脉脉地看人。王永民是在黄山上的一次会议和吴月成其

274

好事的，别人都上山去了，都拄着黄山的竹杖，那天下着雨，宾馆里，会议上的人就剩下了他们两个。王永民是勇敢的，先是在一起说话，话题自然是人生，然后必定是人性，外边的雨让窗玻璃一片迷蒙。王永民在吴月的眼里发现情况了，这情况就是情欲，一点点情欲，像一个小小的火苗子一样在吴月的眼里一闪一闪。这小小的火苗在两个人的交谈中渐渐星火燎原。吴月一开始是推拒，推拒只是身体的语言，能让耳朵听懂的语言呢，却是热切的，吴月说：小心人来，小心人来，小心人来，小心人来——他们便在一起了，王永民是站着的。两个人都不敢大展宏图，都还穿着衣服，动作只能小幅度展开。门外这时却有了动静，有人"笃笃笃笃"敲门，这可吓坏了两个人。只能马上偃旗息鼓。开了门，却是修门锁的，小小的三角脸一探，脸上还有一抹很黑的胡子，说是这个门锁坏了，要修一修，好在只修了一会儿。然后呢，王永民就和吴月又合在了一起，后来，两个人都汹涌澎湃地滚到床下求发展，发出很大的声音，这声音一开始还让他们害怕，到后来他们什么都不顾了。

王永民想着这些，他下楼去了，想去看一看住在下一层的吴月，但在楼梯上他改变了主意，又返身回了房间，他想最好是先打一个电话，打电话也许更好，报到材料上印着每个人的房间号和电话号码。王永民查了查，电话很容易就打通了。王永民也是太激动了，他认定了接电话的是吴月，王永民对江阴一带的口音不太敏感，人这种动物注定一激动就要出错。让王永民想不到的是电话里的这个女人在说了好一会儿话之后会"嘻嘻嘻嘻"地笑了起来，说："我不是吴月啊，我是张友平啊。"王永民马上就慌乱了，虽然是一个人在屋里打电话，脸马上就红了，不知怎么说了，因为他和这个张友平也认识，这很让王永民尴尬。他张大了嘴，说："张友平你好吗？你是不是现在变得更加漂亮了？"

　　放下电话，王永民躺在床上大笑。这时候有人在开门锁了，电子门锁"吱吱吱吱"响，王永民忙坐起来，进来的人是老丁。老丁是个大个子，人很魁梧，脑袋特别的硕大。王永民马上不笑了，而且，怎么说，有些紧张起来。

　　"想不到咱们住一个屋子。"王永民说。

"这就是缘分。"老丁嘿嘿嘿嘿笑着说。

"你现在打呼噜不打?"王永民说。

"晚上你就知道了。"老丁笑眯眯地在一边坐下来。

说到打呼噜就怪了，人这种动物，一生要学许多种技艺，比如说话唱歌，比如吹笛子拉二胡，就是做爱这种活计也是要活到老学到老艺无止境。而说到打呼噜就怪了，是天生的，不用学，学也学不会，会就是会，不会就永远不会，是与生俱来，是与众不同。人一躺到那里，一进入梦乡就开始了，各是各的调门，山清水秀的清凌与胡天胡地的狼啸。有时候呼噜打得太嘹亮了，倒会把自己吓醒，一打哆嗦，坐起来，问自己是怎么回事？打呼噜这种事，不单是人，小狗也会打。王永民家里养的那条小狗，都十岁了，躺在王永民给它指定的小床上，有时候就会打起呼噜来，一条小小的狗，居然会很嘹亮，王永民被打得睡不着了，穿上睡衣，轻轻走到小狗那里，小狗仰面朝天，四只小蹄子都朝着天，王永民猛地"嘿"一声，小狗便浑身一颤，不打了，醒了，睁开眼了，摇尾巴，一副抱歉的样子。王永民的神经真是太纤细，太容易被一点点轻微的声音就弄得不知哪根神经就跟着共鸣起来，这共鸣就是要他睡不着。

开会有时候就像是混战，久别的人们见了面，会争抢着诉说各自的情况，会急不可待地问对方的各种琐琐碎碎。台上的话能听进多少？根本就听不进多少，即使不听，人们也知道台上的人是在说什么。一般开会，总是，上边说上边的，下边说下边的，是一种失控，亦更像是混战，也是一种融洽。但会场规定了各个代表团的座位，而且呢，每个人的桌上都有桌签，写明了谁谁谁的名字，这名字就把每个人在那里固定了一下。开会的时候，王永民几次回头看来看去，他搜索到了，吴月就坐在后边，很文静地坐在那里，穿着一件很合适的绿色中式小袄。吴月看到王永民没有？看到了，但她不动声色，脸上的表情让人们觉得她整个人的身心都在台上。开完会，便是吃饭，为了卫生，现在开会都是分餐制，大家都一样，领盘子，取筷子，冷热两样的菜都红红绿绿一桶一桶在那里，而且都油汪汪的，仔细看，几乎所有的菜都是烂糟糟，鱼呢，没一条是整的，鸡也都是烂得不能再烂，虾呢，头都黑了，是灰头灰脑。分餐制的好处就在于爱吃什么自己动手。王永民这几年有发胖的趋势，所以他给自己挑了几样绿色蔬菜。他给自己弄菜的时候，却用眼睛，当然这也只能用眼睛，他用眼睛搜索目标，当然这目标只能是吴月，他搜索着，却被老丁这家伙招手一下子叫了过去，王永民根本就没有看到老丁，而那边的老丁却以为王永民是在那里找自己，这真是自作多情。王永民只好和老丁坐在一起了，但他心不在焉，想看到吴月衣服的那一点点绿色。但王永民很快被卷入了酒的战争，所有参会的人几乎都是熟人，已经有人把会上发的酒取了出来，一瓶不够，又开一瓶，又开一瓶还不够，便再开一瓶。老丁的酒量特别好，人又豪爽，嘴里的话又黄得恰好，所以人们都爱和他在一起。三瓶白酒，被马不停蹄地倒在每个人的杯子里，又归心似箭地被灌到每个人的肚子里，随后又马上散发到脸上去，让脸上开满春意盎然的桃花。白酒过后，老丁又让人取了几瓶啤酒，会议上是不安排人们喝酒的，所以是老丁自己掏了腰包，酒是什么？酒其实就是一把液体钥匙，能把人们的感情之锁打开。喝到后来，王永民终于看到目标了，那吴月，居然，不动声色，就在他旁边的桌子。王永民马上笑了，端了杯过去，吴月却像是有几分吃惊，好像才看到他，好像根本就没想到他会出现，女人就是这样的，再加上他们之间的关系，而且，是在这种闹哄哄的场合，她的说话与表情就都难免有几分夸张，吴月一脸吃惊的样子："咦！我怎么没看到你？"

"可我早就看见你了？"王永民说。

"瞎说。"吴月细细的眉毛一下子挑起来，说，"你既看到了我，怎么不和我说话？"

"我这不是来了吗？"王永民坏坏地笑起来。

"太呛了。"吴月挥挥手，看看左右，说："餐厅里怎么会有这么多的油烟味儿？"

"找个什么地方好不好？到外边开个房间？外边不呛。"王永民用很小很小的声音说。

吴月的声音更小，说："你坏，小心别人听到。"

王永民和吴月说话的时候离得很近。饭吃到这会儿，该醉的人都有几分醉意了，该亲热得也都亲热起来。厨房里的油烟漫到餐厅里来，倒让人感觉自己是在家里，有一种亲切的感觉。有一种叮叮当当的家庭气息，好像大家都在一起过日子了。

"开个房间吧，怎么样，到外边。"王永民又小声说。

"不。"吴月声音更小，"别人知道了怎么办？"

这是一种怂恿，是别一种方式的默许。王永民都能感觉到自己身上的动静了。那边老丁又喊王永民了："过来，过来。"老丁叫他过去。两个情人在这种场合，又能有什么作为？他们的目标是明确的，无论嘴上怎么说，彼此都知道对方迫切需要什么。但他们又可以显得很平静，因为他们已经过了那个靠感情登场表演取悦对方的阶段，他们现在需要的是性，性这种东西总是深藏的，实质性的，但一有风吹草动就会马上排山倒海。

王永民又笑嘻嘻地问了吴月一句："开不开？"

"要是让人看到怎么办？要是让人看到……"吴月说，这又是一种默许。

王永民看着吴月，笑着，退着，往老丁那边走，他想好了，如果不在外边开房，也可以看看会不会在会议上找到一个空档，那就是谁的房间会空下来。或者，自己就对最好的朋友说出自己的迫切需要，让朋友出去一夜，或半夜再回来也可以。王永民又回到桌那边去喝

281

酒，这时他已经心不在焉了，他又去加了一回菜，又要了一碗面条，这是战斗前的准备。但战斗什么时候打响呢？还是个未知数，但他已经在心里激动着。

晚上很快就到了，晚上是什么？晚上就是天黑，黑得什么也看不见，但性却什么都能看到，性这总东西从来都不用被人引导，却总是会合合适适地到达目的地，就像船儿会回到港湾，一点点不会错，欲望就是经验丰富的老船长。这天晚上，说来却真是可怜，吴月那边有事，她们那个地区的小团要开会，并且一直在开，而且开到很晚，讨论选举的事。王永民这天晚上真是没有一点点作为，他只好待在自己的屋子里和老丁说话，有一搭没一搭，然后，他服了两粒安定，也许是酒的力量，他不知道自己是什么时候睡着的。后半夜，他醒了一次，裸着，去卫生间，居然，没有听到老丁的呼噜。王永民回到床上就又马上睡着了，天亮之前又醒了一次，这次醒来，王永民忽然脑子里一亮，吓了一跳，那边床上，分明是老丁，分明是打呼噜打得声振山岳的老丁！自己居然怎么会睡着？老丁怎么居然会没有打呼噜，这简直让王永民感到一种幸福，一种惊喜，或者是放心，简直又是意外。

天亮之后，吃早餐的时候，王永民的气色很好，他和老丁开了个玩笑，说老丁的音箱怎么出了问题？怎么不响了？老丁很满意王永民的这个玩笑，笑眯眯地说自己也许是真老了，现在真不太会打了。王永民这边呢，因为晚上休息得好，人就显得特别精神，他和旁边的人说老丁不再打呼噜的事。旁边的人也都跟上说打呼噜的事，说谁谁谁人瘦瘦的居然也打得惊天动地；又说谁谁谁一个女人家居然也会呼噜来呼噜去，最终把夜半光临的小偷都吓跑。说到最后，王永民开心地大笑起来，他说老丁的音箱可能是给自己震坏了。

"你倒应该去换一个音箱，只是不知道什么地方有这种配件。"王永民笑着对老丁说。

突然让王永民改口不再说老丁不打呼噜是贺光明的出现，吃过早餐，和王永民一个小组的贺光明来找王永民，他对王永民说有要紧事要赶回去一趟：必须回去一趟？"你不开会了？"王永民的一颗心便欢跳起来。贺光明说他下午坐车赶回去，明天下午就会赶回来继续把会开完。贺光明的意思是，他不在的时候有什么好事就替他办一下，比如说发书了什么的，或者，还有什么礼品。你把钥匙给我好不好，王永民马上就提出来了，要贺光明的钥匙，王永民是那种有一点点小坏，有一点点伶俐，有一点点机智的人，办事亦会见风使舵行云流水，他对贺光明说要是晚上老丁再打呼噜他就睡到贺光明那间屋子里去好不好？

"问题是，老丁的呼声噜打得太厉害。"王永民说。

"你不是说老丁不打了吗？"贺光明说。

王永民双手一拍，说自己那是在开玩笑：打呼噜是一辈子的事。

贺光明想想，还是把自己屋的钥匙给了王永民，说"你最好是带个女朋友来。"

王永民说："怎么会？我怎么会？"王永民说自己昨天晚上其实被老丁的呼噜折磨了一夜，所以，要避一避老丁的锋芒，好好睡一觉。王永民知道和贺光明一个屋的另一个人没来报到，所以贺光明是太幸福了，居然一个人独占一间屋子，而现在，这幸福马上就要轮到自己了。王永民把钥匙欢快地接了过来，并且，马上去了吴月的房间，把情况告诉了吴月，并且给她看了那把电子钥匙。"看完晚会，怎么样？大约就是十点多吧，你就上来，在十五号，我先进去，你一敲门我就把门打开，怎么样？神不知，鬼不觉，怎么样？完了可以睡在那里，也可以离开，怎么样？"王永民问吴月。

"你不看晚会了？"吴月问。

"你最好来看咱们两个的晚会，过一夜，或者完事回去。"王永民说。

"不行不行，张友平肯定会察觉。"吴月说别看张友平一只眼睛坏了，但另一只眼睛却尖得很。

"那就十一点多或者十二点回你的房间，怎么样？神不知，鬼不觉。"王永民又说。

"你坏。"吴月好像是同意了，看着王永民，说，"你怎么就想那事？"

"你是不是不想？"王永民的手开始游移。

吴月的表情是不置可否，好像是同意，又好像是不同意。

这是会议进行到第二晚的事。吃完晚饭接着是看晚会，但是看完晚会后又出了一件事，那就是十点多的时候，王永民兴奋着，唱着歌，洗了一个澡，然后，给吴月房间打电话，他真是分不清江阴那边的口音，那边，居然又是那个张友平接的电话。人在激动的时候往往就会出错，说了两句话，王永民才想起对方会不会是张友平，他问了一声，对方马上就嘻嘻嘻嘻地笑了起来。

"我知道你找的是吴月。"张友平在那边说。

"吴月在不在？"王永民脸马上红了。

"在我旁边呢。"张友平在电话里嘻嘻嘻嘻笑着，把电话给旁边的吴月。

王永民不知道自己该怎么说了，那边，既然有张友平，怎么说都不合适。人在这种时候就只能胡扯。说到后来，王永民都不知道自己在说什么。

吴月在电话里"吃吃吃吃"地笑起来。

"我刚刚洗过澡。"王永民小声说。

"我刚刚才洗过澡。"王永民又小声说。

"我刚刚洗过！"王永民又说。

这天夜里，睡之前，王永民没有吃安眠药，既然老丁不再打呼噜，既然王永民又有打算。吃安眠药岂不是辜负良宵？既然老丁已经不再打呼噜。人在这种时候，心情总是美好的。夜一点一点深下去，王永民靠在床上心不在焉地和老丁说话，忽然呢，跳下床，想起要把那两瓶酒送给老丁，为什么呢？这连王永民自己也说不清，但王永民不怎么喝酒倒是事实，他是那种从来都不在家里喝酒的男人，他是不喜欢酒而酒量又很好的那种男人，这种男人大多都是情绪型的，酒量是随着情绪而产生变化的。老丁喜欢酒，再也没有比送他酒让他高兴的事。两个人呢，便说到喝酒的事。老丁说现在人们已经很少请他去吃饭喝酒了，以前，一星期总会有五次，有时候一天就会有两次，你都不知道该去哪一家。老丁笑着，把那两瓶酒看了又看，好像是，从来没见过这种酒。两个人说话的时候，夜继续着一点一点深下来，下边，厨房里的油烟味儿又升了上来。这油烟是悄悄地上来，慢慢地漫开，里边有各种的味道，葱花和胡萝卜的味道，甚至好像还有着烤鸭的香气，忽然呢。还有咸鱼的味道，让人觉得就像是在自己家里。说话的间隙，有人来短信，王永民装着要回电话进了卫生间，他在卫生间里给吴月打了个电话，手机对着手机打总归是不会被

287

张友平听到吧。让王永民兴奋了一下的是吴月接了电话，但吴月说她已经很困了，要睡了。王永民想在电话里听到一种暗示，但吴月只说她很困了，声音里好像连一点点兴奋都没有。王永民这时是在替吴月想，他想吴月可能是没办法说话，张友平真是可恶！王永民又觉得吴月应该到走廊里和自己说话，这样一来，张友平就不会知道他们谈话的内容了。

"你出来，到走廊说话好不好。"王永民对手机那头的吴月说。

"别了。"吴月说。

"你出来。"王永民说。

"别了。"吴月还是这句话。

王永民突然有些恼火了，一下子关掉了手机。接下来呢，他好像连什么兴趣都没有了，他索性从自己的房间里出去，脑子是空的，没有一点点想法，他在走廊里走来走去，后来又到别的屋子里去看了看，别的屋子里，人们打扑克的打扑克，说话的说话。五年不见，人们摆开的架势简直就是不准备睡觉了，再到后来，王永民悄悄去了贺光明的那间房，房子里的灯居然亮着。王永民还往床上躺了一下，躺在床上想了一下，有点怜惜自己，他摸着自己，摸摸上边，摸摸下边，又把脸侧过去，看着右边的那张床，床头灯黄黄的，他好像都已经看到自己和吴月在上边起起伏伏的样子。王永民忍不住了，再一次兴奋起来，又把手机打开，这一回他想起了发短信。便开始发：

"月，你下来，我等你。"

信息发出去，马上有了回音：

"好，打开震动，关掉音响，也许。"

什么是"也许"！王永民又生起气来，说是生气也不对，是急，但再急也没办法可想！这样的短信，这样的夜晚，对王永民而言是失望的底色上再加上一点点渴望的浮色，那渴望是会转变的，王永民此刻觉得张友平是那样可恶，是她的存在不能让自己的计划马上实施。再到后来呢，夜一点一点深下去，眼看着更深了，好像是没什么戏了，王永民从床上起来，又回到了自己的房间。老丁还没有睡。凡是打呼噜的人，都有这样的好习惯，那简直就是一种职业道德，就是总是耐心地等着同屋的人先睡，这好像又是一种礼貌。如果同屋的人还没睡着，你躺在那里就呼噜大起，是不是有些太过分？睡觉是什么？是休息？当然是休息。也是一种安慰，人这种动物一旦睡着，痛苦就会退到幕后去，各种不可知的欢乐和恐怖都会相继登场。王永民死了心，甚至还有些愤怒，他在心里想，就是吴月肯，自己也许都不会再动那念头！上床之前，王永民还洗了一个澡，洗澡的时候他甚至想自慰一下，但一想到吴月的短信就停了手，怎么说呢，王永民觉着如果这时候自慰就是一种浪费，既然吴月近在咫尺。洗完澡，上了床，王永民又和老丁有一搭没一搭地说了几句话，然后说自己要睡了，再睡晚了就怕要睡不着了。王永民把手机就放在枕头下，心却始终在手机上，他让自己别睡着，他对自己说：千万可别睡着，也许手机马上就会震动起来。人往往是这样，想让自己睡着，却偏偏睡不着，怕自己睡着，却偏偏不知不觉已经在梦乡里了。梦是什么？梦是谁也说不清的东西，梦里有各种声音，有各种色彩，有各种奇遇，有各种味道，梦真是奇妙。

其实王永民只睡了一小会儿，忽然就被老丁巨大的呼噜声给弄醒了。呼噜是什么东西呢？是千奇百怪，是不一而足，是难以捉摸，是一场战争，是一场交响乐，是一场谋杀。王永民忽然被老丁的呼噜打醒了，他一下子坐起来，那简直就不是肉体发出的声音，那声音一下就把王永民从睡梦中打醒。王永民坐在那里，看着那边的床，怎么会？老丁怎么居然还会一下子打这么响亮的鼾声？王永民在床上侧坐起来，朝那边看，好像是，老丁在那边证明自己的能力了。早上，王永民是说过老丁的音箱坏了，最好到什么地方去修一修，或者去什么地方换一个。而这时，老丁好像是在证明自己的音箱一直很好用。老丁的鼾声，音色真是丰富的可以，吸气的时候，是吹箫一般，细细地拉长了，眼看要断掉了，眼看要消失了，却又轻轻接续起来，结尾的时候会来一个尖锐的尾声，近乎吹口哨。呼气的时候却是排山倒海，"突突突突、突突突突"像是在那里发动摩托车，又好像是夹杂着一些怨气，一辈子都无法抒发的怨气，只有在这种时候才可以抒发出来，又好像是那抒发受到了阻击，不能一下子顺出来，便使了大力，是挣扎，是不满，是艰难突围，哈！一下子，终于又抒发出来了："突突突突！"特别有声势，特别咄咄逼人。这呼噜好像

291

是专门打给王永民听的，是专场，所以才要打得更加非同凡响让听它的人刻骨铭心。王永民这边呢，又躺下来，用被子把耳朵捂住，但捂是捂不住的，既然耳朵捂不住，王永民便不停地翻身，每翻一下身尽量弄出很大的动静，左一下右一下，每一下翻身都几乎是鲤鱼打挺，这真是有效，他这边一翻身，一弄出动静，老丁那边的鼾声就小一阵子，但也只是一小会儿的事情，等到王永民觉着自己马上要睡着了的时候，老丁那边又把音量调大了。王永民受不了了，受不了王永民又能做什么呢？又翻身，又鲤鱼打挺，老丁那边，又把声音小下去，又大起来，又小下去，又大起来，王永民忽然想笑，他觉得自己好像倒在操纵着老丁的呼噜。看看表，已经是半夜一点多了，王永民再也不能忍耐了。这时候，走廊里已经静了下来。王永民轻轻下了地，也没有穿衣服，穿衣服脱衣服是一件烦人的事。既然这么晚了，王永民便只好抱了衣服，裤子和上衣，但他没穿鞋，只拖着宾馆里的那种又轻又薄的纸拖鞋，轻轻开了门，简直像是一次逃亡。好在王永民还有贺光明那间屋的钥匙。王永民抱着一堆衣服，赤裸着，只穿着小三角裤衩出现在宾馆的走廊里了，深一脚浅一脚，弓着身子，步子是一探一探，有那么一点鬼鬼祟祟，有那么一点不三不四！好在是夜深了，走廊里没人。王永民开了贺光明那间屋的门，上了靠窗那边的床，好了，终于逃脱了，王永民就是在这种迷迷糊糊的状态下逃脱了老丁的呼噜，王永民实在是太累了，不知哪个房间里的人此刻还在说话，声音是高一下低一下，但王永民已对此不感兴趣，睡眠很快就包围了王永民，前半夜他几乎只是蜻蜓点水样睡了一下，他太困了，睡眠有时候是最好的全麻，一下子就把一个人彻底麻醉了，王永民是一下子就睡着了，也不再想吴月的事。

王永民一觉醒来天已大亮，只是在这个时候，王永民才忽然想起放在自己屋里压在枕头下的手机，急急忙忙地赶回去，老丁正在卫生间里蹲坑儿，王永民打开压在枕头下边的手机看看，上边有吴月的短信：我可以来吗？啊，可以吗？

新的一天又来了，新的一天的第一件事，当然还是吃早餐。会议已经开了三天，三天的时间，人们已经完

293

成了自由组合，谁跟谁一桌吃饭都已成定局，开会的时候虽然有桌签，但人们已经乱坐开了，这乱坐便也是一种组合。早上吃饭呢，无形中，人们也是按照组合来的。王永民看到老丁了，从开会第一天开始，王永民都是和老丁坐在一个桌子用餐。王永民的早餐总是要多吃一点，他给自己拿了一个茶叶蛋，两根油条，一碗老豆腐，一筷子芹菜黄豆，一筷子凉拌莴苣，一筷子腊肠，他还给自己倒了一杯奶，倒奶的时候王永民还问了服务员奶是不是鲜奶？端着这些东西，王永民坐到了老丁身旁，眼睛却又在搜索，搜索吴月。这时老丁却在一旁说了话。

"你害得我一晚上没睡着。"老丁说，老丁是满脸的疲惫，还打了个哈欠。

"你怎么倒睡不着了？"王永民看定了老丁，说，"你打呼噜，睡不着的应该是我！"

老丁脸上的疲惫好像在那一刹那变得更加深浓了起来，甚至，老丁的眼里都有了血丝。老丁打了一个更长的哈欠："你真是把我害死了。"

"这就怪了？"王永民说，"你怎么倒成了受害者？"

老丁说："昨晚我一开始还以为你是去卫生间洗澡，让我憋了老大一泡尿，到后来我发现你不在卫生间，你是出去了，但你没钥匙，我又怕你回来进不了家，我就更睡不着了，就这样，我一直到天亮，到现在。"

王永民看着老丁忽然大笑了起来，王永民正笑着，就听见旁边的桌上"砰"的一声。旁边那一桌，是吴月，吴月怎么了？坐在她旁边的张友平这时候正乐得东倒西歪。王永民朝那边看的时候就听张友平说："吴月，你怎么才醒来就又迷糊着了？你知道不知道你现在是在吃饭？吃饭的时候是不可以打瞌睡的，待会儿还要开会。"

王永民再次笑起来。